ENFANT GÂTÉ

Jean-Marie Périer

ENFANT GÂTÉ

XO EDITIONS

ISBN : 2-84563-048-4

Pour Lola, Arthur et Paul
Et Julie

Ma mère était une femme.

La plus belle de Paris, pour certains, pour moi, c'est bien simple, il n'y en avait pas d'autres. Elle avait sur son époque une incroyable avance, elle n'était pas libérée, elle était libre. Elle avait pris son envol l'année de mes six ans, nous quittant, mon père, mon frère, ma sœur et moi, pour la seule raison qui dirigerait toujours sa vie, pour l'amour d'un homme.

Inutile de la juger, son geste n'était dicté que par la morale qu'elle s'était inventée, ignorant les conventions d'alors, habitée par une désinvolture acquise dans son enfance tumultueuse, entre un père aussi beau que léger qui avait fait de l'inutilité de sa vie un chef-d'œuvre d'élégance, et une mère absente qui avait eu l'indécence de mourir à quarante-cinq ans.

Maman s'en va.

Finie sa voix qui chantait dans la salle de bains, plus de jeux de piste en suivant son parfum à travers les pièces, adieu sa main dans mes cheveux. Comment l'enfant que j'étais eût-il pu savoir que cet instant façonnerait son destin ? Donc une maman, ça peut partir comme ça ?

On peut aimer de loin ? Personne n'a d'importance ?

Tout doit être léger, prévenons les ruptures ? Adoucissons-les autant que faire se peut, surtout ne pas revoir l'angoisse de l'abandon, afin que la vie passe sans vous heurter toujours. Alors autant rêver.

Ce jour-là, ma vie a changé pour la première fois car ma mère s'éloignant, c'était d'abord une femme qui me quittait.

C'était une drôle de petite mère.

Au début du siècle, sa grand-mère Réjane était, avec Sarah Bernhardt, la plus grande actrice de son temps. Son père, Jacques Porel, était le dernier de ceux que l'on nommait les boulevardiers. L'unique préoccupation de son existence avait consisté à être brillant au long d'interminables déjeuners qui se tenaient dans les restaurants du boulevard des Italiens, s'adonnant à des duels stylistiques, risquant sa vie sur le jeté d'une phrase — en ce temps-là un mot pouvait vous tuer. C'était le prix à payer pour faire partie de ceux qui inventaient Paris.

Proust, dont il était l'ami, l'appelait « Porel le Léger » et, disait-il, « lorsqu'il entre dans la pièce, je ferme toujours les fenêtres de peur qu'il ne s'envole ».

Ainsi qu'il aimait à le dire : il s'amusait d'être lui-même, faute de mieux.

Il ignorait jusqu'à la signification du mot travail, son ouvrage majeur fut d'écrire un livre en deux tomes intitulé : *Fils de Réjane*.

Bel aveu d'un destin dérisoire.

Ma mère me raconta qu'un jour d'été dans les années 30, alors que, dans une somptueuse décapotable, elle parcourait la ville assise entre Léon-Paul Fargue et son père, celui-ci avait monté le son de la radio pour écouter Wagner. Une radio dans une voiture à cette époque était une incroyable nouveauté.

Se garant devant le café de Flore, il décida de jouir de la beauté de cette musique jusqu'à sa conclusion. Je la vois, la petite Jacqueline, intimidée par la corpulence de son voisin poète, regardant son père fumant une cigarette, tout pénétré qu'il était de cette voix céleste, sous l'œil ébahi d'une terrasse bondée.

Aux dernières notes de musique, alors que Porel revenait sur terre, la terrasse entière se leva pour applaudir la fin de l'opéra. Comment voulez-vous qu'un tel homme parvienne à imaginer qu'on pouvait travailler pour vivre ?

Dans des costumes parfaits qui n'avaient pas d'âge, il séduisait les femmes, c'était là sa fonction. À New York, lorsque courait dans les salons le bruit de son arrivée, les Français cachaient leurs femmes pour les soustraire à celui qu'on appelait « Divan le terrible ».

Je le voyais souvent sur le tard de sa vie, il payait cher son dédain de l'argent, ne subsistant que par les bontés de comtesses et autres dames fortunées qui chérissaient encore le souvenir de cet amant sublime.

La seule à lui tenir la main jusqu'au dernier jour fut Jany Holt, une merveilleuse actrice, dont la fidélité n'avait d'égal que l'humour.

Il habitait une chambre rue Cambon, le lieu qui le verrait mourir, recueilli par Pierre-André May, un ami généreux qu'il nommait « Petit logeur », avec une moue dédaigneuse envers l'homosexualité pourtant discrète de cet hôte providentiel.

Il déjeunait tous les jours depuis trente ans dans un restaurant de la rue du Mont-Thabor, tenu par des gens qui inspirent le respect. En effet, jusqu'à son dernier jour, ils lui firent payer ses repas au prix d'avant-guerre, sans qu'il s'en offusquât jamais, l'idée de les remercier ne l'effleurant même pas. Du reste, il n'hésitait pas à renvoyer les plats qui avaient l'audace de ne pas être à sa convenance. Je ne remercierai jamais assez ces poètes ignorés.

Un jour que je déambulais sur les Champs-Élysées, j'aperçus sa longiligne silhouette, les badauds qu'il dépassait d'une tête ne pouvant savoir qu'ils croisaient une légende dont la présence aérienne symbolisait l'âme d'un Paris révolu qu'ils galvaudaient de leur vulgarité moderne. Son père, Paul Porel, avait jadis possédé trois théâtres, le Vaudeville, désormais remplacé par le cinéma Paramount, le Réjane, connu sous le nom de Théâtre de Paris, et cette salle près du rond-point que Marcel Dassault avait ensuite transformée en cinéma Le Paris. Le film de David Lean, *Lawrence d'Arabie*, venait de sortir, une queue impressionnante attendait pour le voir.

Mon grand-père, qui gardait de ce lieu de charmants souvenirs, se dirige tout droit vers la porte, ignorant l'existence de la foule disciplinée. Par chance, je connaissais le patron de la salle. Pressentant qu'il allait vouloir entrer sans imaginer qu'on ose lui demander un billet, je me précipite pour prévenir le problème avant qu'il ne passe la porte. Il était chez lui, après tout. Nullement étonné par la tournure des choses, pensant sans doute que je travaillais dans ce cinéma, il me salue gaiement et se rend dans la salle pour regarder le film.

Il se tient debout à l'arrière et je l'observe dans le noir, parlant à voix basse, toute chose ayant pour seule justification la conversation qu'elle engendre. À l'entracte, je le vois qui ressort en hochant la tête.

M'apercevant alors, il m'entraîne vers la sortie en disant d'un ton outré : « J'ai bien connu Lawrence, il n'était pas du tout comme ça. »

Notre dernier déjeuner fut en compagnie de Georges Carpentier, cet ancien champion de boxe, très beau de sa personne et qui avait partagé avec lui un goût prononcé pour la gent féminine.

Lorsque son ami fit l'erreur d'évoquer Anne-Marie, la femme disparue de mon grand-père, celui-ci sortit de sa poche un immense mouchoir parfumé à l'eau de Lubin dont il se recouvrit la tête afin de finir d'évoquer ses tendres souvenirs sans qu'on le vît pleurer.

L'enfance de ma mère fut empreinte de la tristesse d'une petite fille qui se sait rejetée, ses parents préférant s'adonner à l'étourdissement d'une folle vie mondaine. La compagnie froide des nurses lui donna, par la force des choses, le goût sans cesse réinventé d'imaginer sa vie. C'est de là, sans doute, que vient cette amoralité flamboyante que d'aucuns trouvaient choquante, alors qu'elle n'était que la preuve d'une salutaire revanche sur sa jeunesse gâchée.

J'aimais son sens de l'absolu ; avec elle, c'était tout ou rien.

Mais si elle était une rencontre de rêve pour un homme mûr, il était plus délicat d'être son fils. Je sentais bien dans son attitude qu'elle souhaitait ardemment que je grandisse, afin d'être enfin en mesure de me parler. Elle me touchait la main comme on touche celle d'un homme et l'enfant que j'étais ne pouvait se passer de ce trouble provoqué sans intention malsaine, sans prendre conscience que plus tard l'adulte que je deviendrais le supporterait moins.

Une fois, dans un demi-sourire, elle caressa ma joue et me dit :

« C'est fou ce que j'aime ton visage quand tu es fatigué. » Ce n'était pas exactement une phrase de mère.

Elle était comédienne, avec la désinvolture d'un enfant de la balle. Petite-fille de la reine du théâtre mondial, c'est plus par habitude que par conviction qu'elle se contentait d'être la reine de Paris.

Je comprends pourquoi lorsque mon père, le jeune François Périer, la rencontra, ce fut le choc de sa vie.

Il venait d'un milieu modeste et avait travaillé comme un forcené pour gravir les échelons de sa passion d'acteur. Il lui fallait échapper à une condition trop étroite pour ses élans d'artiste. Le deux-pièces du boulevard Exelmans qu'il habitait avec sa famille dans le quartier du Point-du-Jour donnait sur les voies du train de ceinture. C'est peut-être la locomotive à vapeur qui passait devant ses fenêtres en rythmant ses journées qui lui avait insufflé ces envies d'ailleurs. Mais bien qu'il n'ait jamais renié ses origines, les petits-bourgeois qui avaient accompagné sa jeunesse n'étaient quand même que de la race des spectateurs.

Il avait cependant gardé de son passé une certaine rigueur et un sens aigu de ce qui ne se fait pas.

La cave à vin que tenait sa mère était chargée de souvenirs d'enfance, mais il aspirait à s'en inventer d'autres, de plus lumineux, de plus grands. Entre le rideau de fer de leur magasin qu'il fermait tous les soirs et celui du théâtre qui s'ouvrirait devant lui, il y a tout un monde. Même lorsqu'on ne vit pas en province, c'est difficile de « monter à Paris ».

La rencontre entre ce petit Français volontaire et cette merveilleuse enfant gâtée dut être extraordinaire. Comme j'aimerais y avoir assisté. C'était le début de la guerre, des lendemains incertains poussaient aux extases immédiates. Ironie du destin, il venait de gagner le prix Réjane en jouant *Les Jours heureux*. Et il tenait dans ses bras la petite-fille de cette icône lointaine.

En se mariant avec ma mère, il ne pénétrait pas seulement dans un autre monde, il épousait le théâtre. Il n'avait pas vingt ans, déjà il triomphait.

Et tandis qu'au cours des années il devenait le plus grand comédien des scènes parisiennes, ma mère laissait filer ce qu'elle refusait de considérer comme une carrière, préférant imaginer sa vie au gré de ses amours, en s'efforçant, malgré les trahisons des uns, de parvenir à l'aide de la tendresse des autres à empoigner le moment présent au jour le jour, à la seconde près.

Son chef-d'œuvre à elle ressemblait au bonheur.

Je garde de ma mère les souvenirs de nos vacances en Suisse.

« Crau-Crozet » était un grand chalet de bois sombre, une maison comme on en voit dans les hautes montagnes, qui se serait égarée au bord du lac Léman.

Il avait des balcons naïvement sculptés, ornés de volets charmants qu'on ne fermait jamais. Des canapés désuets, des photos de famille. Des tables en bois massif côtoyant des chaises longues. Des petits déjeuners de chocolat chaud dans des odeurs de cire. Je faisais des radeaux avec des portes anciennes, passant des jours entiers à guetter mon bouchon pour attraper ces perches qui me piquaient les doigts, pendant que des cygnes hautains traçaient des diagonales sans fin sur les eaux plates du lac, ignorant en silence les ombles chevaliers.

Les jours de pluie, nous nous réfugiions dans

un petit chalet d'enfants au milieu du jardin, réplique exacte de l'autre, celui des grands.

Des adultes nous imitions les manières, nous organisions des « dînettes » en singeant leurs rires, leurs tristesses devenaient un jeu.

Quand le temps était beau, nous allions faire un tour sur le chris-craft des Spinglers, assis, jambes pendantes, sur les lattes du pont, passant d'une fesse à l'autre pour éviter la chaleur de l'acajou brûlant, sous les regards envieux de nos petits voisins, des enfants d'Amérique, que leurs parents délaissaient pour des vacances entières.

Séparés par la langue, nos contacts étaient rares.

Nous traversions la haie par une porte inventée. Pour des adultes, le spectacle de leur abandon était insupportable ; pour nous, leur liberté était plutôt enviable, nous avions le même âge, ils étaient déjà vieux.

Ils vivaient dans un luxe inouï, entourés de domestiques indifférents entièrement à leurs ordres, qui ne les nourrissaient que de sucre et de chocolat noir. Ils avaient des yeux sombres et toutes les dents gâtées.

Et nous, nous étions là, à quelques mètres d'eux, entourés de bonheur, comblés d'amour joyeux.

Notre maison avait appartenu à une grand-mère, un pan de la famille qui m'était inconnu. Je ne l'ai vue qu'une fois, cette très vieille dame, cachée par le contre-jour d'une fenêtre à voilages. Je me souviens de ses mitaines en dentelle blanche, m'intimant l'ordre de rester à distance dans le salon d'une maison de retraite tenue par le clergé. Dans le grenier du chalet, il y avait des malles remplies de son courrier. Ce n'étaient que des lettres de donation à des œuvres, des curés, des évêques, rien que des hommes de Dieu.

Lorsque ma mère divorça, la vieille dame rigide, plantée sur ses principes, la déshérita au profit de l'Église. De ce côté de la famille, quand on avait un mari, on ne le quittait pas.

Mais ma mère s'en moquait, une fortune ou un homme, pas question d'hésiter. Je m'amuse en pensant que, sans cette décision implacable, elle se serait retrouvée propriétaire d'un quart des terrains de la ville de Genève. Ça peut changer une vie. Encore que, telle que je la connais, elle aurait tout dépensé. « Elle n'aimait pas l'argent, il le lui rendait bien. »

Plus j'avançais en âge, plus ses maisons rétrécissaient. Nous étions maintenant dans la campagne française, mais sa gaieté gardait le cap, elle chantait toujours dans les salles de bains.

Il y a quelques années, je suis retourné voir la maison de Coppet.

Elle avait triste mine, vide et abandonnée. Le petit chalet d'enfant avait disparu, les arbres semblaient maigres, l'eau du lac était grise et les volets fermés comme des paupières honteuses de n'avoir plus de vie.

Les endroits devraient disparaître en même temps que les souvenirs.

C'est drôle comme les maisons vous accusent de les avoir laissé tomber.

Neuilly, 1946.

Je n'ai pratiquement pas de souvenirs de ma vie à Neuilly du temps de ma mère. À part qu'elle m'emmenait parfois sur son vélo pour aller au théâtre quand elle jouait *Les J3* avec mon père. C'est comme si tout avait commencé le jour de son départ.

Ce jour-là, mon père se retrouve donc seul avec mon frère Jean-Pierre, ma sœur Anne-Marie et moi dans ce grand hôtel particulier donnant sur la Seine. Il est anéanti, et lorsque Louis Jouvet, son ami, son maître, celui qu'il appelait « le Patron », parcourt les grandes pièces vides, avec son inimitable accent, il lui dit d'abord : « Eh bien, mon petit François, au moins tu ne manqueras pas de place… »

Puis, le voyant effondré, il se tourne vers l'extérieur et ajoute : « Remarque bien qu'un jour, tu verras, tu ouvriras la fenêtre et tu te diras : Tiens, mais il y a des arbres ! Ce jour-là tu seras sauvé. »

Il y a un grand jardin, une cave pleine de mystères et des greniers interdits.

Nos chambres sont au deuxième étage, celle de mon père au premier et la maison est vide comme seules le sont celles d'une femme qui vous quitte.

Aujourd'hui, lorsque je passe devant le 51 de la rue du Bois-de-Boulogne à Neuilly, à la place de chez nous, il y a un immeuble moderne. Du jardin, il ne reste qu'un arbre au coin des grilles, celui sur lequel je grimpais pour regarder la péniche que mon grand-père habitait sur le fleuve. Et chaque fois que je vois ces murs bêtes, vestiges de la folie immobilière des années 60, j'ai l'impression que c'est une grosse boîte à l'intérieur de laquelle ma maison m'attend.

Dans cet univers, il fallait donc une femme. Mon père fit venir sa mère, une dame douce, stricte et chaleureuse, aux cheveux tirés en arrière à l'ancienne, qu'une éducation catholique et une pudeur ancrée chez les gens simples conduisaient à mettre de l'ordre partout où elle se trouvait.

Nous lui devons beaucoup, à cette Mamie de rêve, elle fut la vraie responsable de notre première éducation.

Sa venue tombait bien. Outre les trois enfants qui régnaient sur ce petit royaume, il y avait Linda, la cuisinière italienne, et une bonne assez chaude qui prenait un malin plaisir à me troubler les sens.

Nous déjeunions souvent à la cuisine avec elles.

La conversation était toujours la même : mon Dieu que c'était dur, les années de la guerre !

Linda n'en finissait pas de ressasser ses tristes souvenirs. Et le pain qui manquait et les enfants au front, quant aux Allemands, bien habillés les Allemands, mais quand même, quelle engeance. Tous les repas finissaient de la même manière. D'abord un long moment vide, qu'aucun enfant n'osait troubler, Linda, le menton sur la main, les yeux exagérément ouverts, se perdait dans ses pensées, créant un silence respecté même par les mouches qui, ressentant la gravité de l'heure, se garaient, immobiles sur les rayures de la toile cirée.

L'auriculaire posé contre ses dents supérieures, juste sous la gencive, contre les cercles de fer qui ornaient son sourire, elle soupirait, en proie aux premières affres de la digestion. Je m'étonnais qu'elle puisse garder aussi longtemps les yeux rivés sur rien, sans mouvement de paupières, comme si ses pupilles s'en allaient faire un tour dans son cerveau bloqué. Puis, tout à coup, elle se réveillait en lançant d'une voix morne : « C'est pas tout ça... mais il y a la vaisselle à faire. »

Et la vie reprenait. L'occasion s'est souvent présentée plus tard de me remémorer sa phrase. Au long de mon existence dont je ne peux me plaindre, quand je me croyais grand grâce à des événements qui me dépassaient, ou que je me laissais glisser dans la délectation morose, perdant un temps précieux à pleurer sur mon sort, je revoyais

Linda et sa phrase quotidienne. Comme elle avait raison, une seule issue est certaine, c'est que ce n'est pas tout ça, mais il y a la vaisselle à faire.

Je n'ai qu'un souvenir de l'Occupation, un seul, mais très précis. J'avais quatre ans quand Linda m'emmena faire les courses par une belle matinée de l'année 1944.

L'armée allemande avait entouré la place de Madrid de fils de fer barbelés pour y garer des chars d'assaut.

Alors que le marché était à une rue de la nôtre, Linda faisait un bon kilomètre de plus pour aller voir l'ennemi en face. Elle ne les aimait pas, mais il y avait de sa part une certaine fascination pour ces gaillards torse nu, ces « boches » qui buvaient de la bière, appuyés nonchalamment contre d'énormes machines à tuer les gens.

Elle n'était pas la seule, toutes les bonnes du coin se réunissaient là, plantées devant les barbelés, commentant leur allure, bien décidées à montrer qu'elles n'avaient pas peur. C'était leur façon à elles de faire de la résistance.

Ce matin-là, il y eut peut-être un rire de trop. Un soldat s'approcha du groupe de ces dames en armant son fusil d'un coup sec et démonstratif. Tout là-haut dans le ciel, un avion passait. Le bruit de ses moteurs était faible, il était si loin qu'on ne le voyait pas. Alors le soldat pointa son arme en direction des nuages, puis il tira un coup de feu d'une inutilité absolue. Je revois son sourire carnassier devant le spectacle des femmes qui s'enfuyaient en courant, poussant des petits cris comme un bouquet d'oiseaux affolés. Elles l'avaient eu, leur frisson de la guerre. C'était toujours ça de pris.

Quant à l'autre, la bonne aux yeux lubriques, elle avait établi un rituel, le soir après le dîner quand ma grand-mère était absente.

C'était longtemps après la Libération, mais les relents de ces temps tumultueux habitaient encore sa mémoire. C'était bien d'être en paix, mais ça manquait d'action. Elle couchait mon frère et ma sœur, puis elle m'obligeait à faire le tour de la maison, armé d'un énorme couteau frappé d'une croix gammée que mon père cachait dans un tiroir de son bureau. Je devais visiter toutes les pièces, y compris la cave et ses murs poussiéreux, terrorisé par le moindre mouvement de souris.

Elle m'attendait dans le hall d'entrée, assise, prête à sortir, car ma soirée n'était pas finie. Mon père était au théâtre jusqu'à minuit au moins, la soirée était à elle. Sur son vélo, elle me baladait dans les rues vides de Neuilly jusqu'à la caserne des pompiers. Là, je devais rester sur la selle arrière en attendant qu'elle ait fini son manège amoureux.

La scène était toujours la même. Cinq ou six pompiers l'entouraient et elle les embrassait sur la bouche à tour de rôle. C'étaient de longs baisers paysans, leurs corps se pliaient doucement, lèvres collées jusqu'à en perdre le souffle.

Ils se relevaient d'un coup en respirant très fort, comme des plongeurs en apnée sortant enfin de l'eau. Puis elle passait au suivant.

Ce manège durait bien une heure. Alors elle revenait vers moi, la bouche rouge et gercée par les frottements de barbe, et me disait le plus sérieusement du monde : « Toi, si tu répètes, j'aggrave ton cas ! »

Il devait être bien désespéré, mon cas, car je n'ai jamais rien dit.

Après on rentrait à la maison et je la laissais se préparer pour la nuit. Mais avant de me coucher, je devais monter à l'étage des chambres de bonnes pour lui dire bonsoir. Elle ouvrait sa porte, toujours à moitié nue, me laissant entrevoir la fournaise de son corps, elle me disait bonne nuit de son sourire salace en refermant la porte bien gentiment sur les questions sans fin que me posait son anatomie.

Mais de quoi me plaindrais-je, il faut un peu de tout pour une éducation bourgeoise.

Le jardin de notre hôtel particulier donnait sur des parcs appartenant à Mme Volterra, laquelle louait tous les ans un espace à ce jeune militaire nommé de Gaulle afin qu'il y tienne ses meetings politiques. Et je me souviens que, ces jours-là, ma grand-mère fermait bien toutes les fenêtres afin que nos chastes oreilles n'entendent pas les discours de ce « communiste ».

C'est à peu près à cette époque que Marie Daems fit son entrée dans la vie de mon père.

Certes, ce ne dut pas être facile pour cette jeune comédienne de se retrouver d'un seul coup belle-mère de trois enfants. Une « belle mère », me disais-je, c'est à coup sûr une mère qui est belle, mais la réalité, hélas, ne fut pas toujours à la hauteur de mes envies.

En prenant possession de mon univers, Marie était la preuve vivante que ma mère ne reviendrait pas. Car il y avait toujours un vague espoir qu'un beau jour de soleil Maman pousserait la porte, que son départ était pour de rire, des histoires de grands, que les choses rentreraient dans l'ordre.

En remplaçant ma mère, Marie symbolisait ma confusion, ce n'était pas sa faute, le poids de cette absence était lourd à porter.

Les règles du jeu n'étaient plus les mêmes.

D'abord l'épouse, la marmaille ensuite.

Ouvre la porte à la dame qui dort dans les draps de Maman.

On ne pouvait plus le dimanche à une heure aller sauter sur son lit pour réveiller Papa.

Et puis elle avait un boudoir, un endroit interdit, qu'est-ce que c'était que cette pièce d'abord, et qu'ont-elles donc les grandes personnes ?

Ce n'était déjà pas si simple à comprendre pour

des enfants d'avoir un père dont le travail consiste à « jouer », à elle il lui fallait en plus un coin pour bouder… Bien sûr elle avait fait changer la couleur des murs, mais là où Maman pendait ses robes, il y avait d'autres atours.

Le parfum n'était pas le même, on ne nous avait pas prévenus.

Ce que j'ai pu détester cet endroit. Plein de crèmes, le boudoir, et d'onguents raffinés et des trucs féminins qu'on ne peut pas comprendre. Mais tu te tais maintenant, elle est de ta famille.

Elle en faisait, pourtant, des efforts avec moi. C'était facile, j'étais son préféré. Je compris plus tard que ce n'était pas que pour de bonnes raisons. Elle n'aimait pas beaucoup mon frère ; quant à ma sœur, je ne sais pas si elle lui a jamais parlé.

À la place de ma mère qui chantait, elle, elle donnait des ordres.

Aux domestiques, aux enfants, même à mon père. Il n'y a que Mamie qui encaissait les coups, les yeux humides mais souriant en silence, continuant néanmoins d'aller chaque semaine faire le ménage dans le petit appartement qu'elle avait gardé « au cas où », pressentant que ce lit dont elle tirait les draps bien propres la verrait tôt ou tard revenir.

Cependant je la trouvais belle, Marie Daems, il faut dire que j'étais à un âge où l'on fait encore confiance à l'apparence des gens. Surtout après le passage du dénommé Chlaoué, chirurgien esthétique de son état, un précurseur, un pionnier, qui avait relevé son nez de la plus jolie manière.

Elle l'a échappé belle, ce jour de printemps où, alors qu'elle somnolait sur un divan après l'opération, je me suis approché d'elle, fasciné par cette protubérance dissimulée sous un linceul de gaze à l'aspect virginal. J'ai levé ma main au-dessus de ce désir de nez en refermant mon poing, bien décidé à tout aplatir, transformant ses espoirs en beau naufrage nasal. Je t'aurais modifié ça en *Titanic* vite fait, une bonne fois pour toutes, pour voir sa tête après.

Heureusement, le courage m'a manqué.

Mais je ne lui en veux pas au fond à cette belle-mère, car, comme le disait Sacha Guitry, inutile de se venger d'une femme, la vie s'en charge.

Chacun sait qu'un nez refait reste intact, sans âge, au milieu du visage, une sorte d'accusation qui se trouve là plantée comme un doigt vengeur dirigé sur les rides alentour.

Il y avait ses caprices, auxquels mon père souscrivait, comme ces deux voitures américaines, des Nash, une jaune et une rouge, les mêmes, bien ridicules.

On aurait dit des baignoires à roulettes, mon père à ce volant c'était Mickey.

Il m'est arrivé de la maudire en jetant des regards noirs au grand portrait d'elle-même qu'elle avait fait peindre et qui était accroché près de la table de la salle à manger, les reflets de sa robe à crinoline m'ont gâché plus d'une soupe.

Apparemment, Marie ne le rendait pas heureux. Mon père vivait pour le théâtre, alors qu'elle en faisait pour exister. J'ai le souvenir de colères terribles dont les bruits terrifiants rampaient dans les conduits des cheminées. Quand l'alcool s'en mêlait, parfois les verres valsaient.

Les matins, il ne fallait pas faire de bruit avant midi, c'était la règle.

Les rires étaient étouffés, les gronderies aussi.

Les enfants de pompiers, de policiers, de militaires, s'ils savent inconsciemment qu'elle existe, ignorent la peur inhérente au métier de leur père. Ils la touchent rarement du doigt. L'enfant du comédien est, lui, très tôt confronté au trac.

C'est une douleur sourde qui s'immisce partout. Quinze jours avant la générale d'une pièce, la famille entière est sur les dents. Toute la maison, du grenier à la cave, frémit de la terreur du verdict d'un public éventuel. Car il n'est pas sûr qu'il vienne, première peur.

Et en plus il faut qu'il aime ça, l'épouvante.

Mon père n'est plus le même, il est présent sans être là.

Il dit tout haut les phrases de la pièce en traversant le salon, suivi par son ami Robert Deslandes qui le fait répéter, texte en main, jour et nuit. Et si mon père oublie un mot, c'est lui, ce bon vieux Robert, qui se fait engueuler.

Nous : « Bonjour, Papa ! »

Lui : « Oui, monsieur l'avocat général, oui, messieurs les jurés… » Son attention, ses repas, sa vie, tout est régi par le texte.

La panique du bide, la critique assassine. Tout passe après ça.

Ne pas oublier de profiter de ce moment pour faire signer les carnets de notes.

Et il y a les succès. Mon père est transformé, les articles à sa gloire traînent sur les tapis. Nous, on est très contents, on ne sait pas pourquoi. Il y a du soleil, on ouvre les fenêtres. La joie gagne chacun, en époussetant la cheminée la bonne se prend à siffloter.

S'il le pouvait, mon père se risquerait même à chanter.

Là encore, bon moment pour faire signer un mot d'excuse.

Certains soirs, la maison devenait très gaie, rythmée par les dîners qui avaient lieu après la représentation. C'était mon moment préféré, celui où je me levais en douce pour descendre pieds nus le grand escalier de bois dans l'espoir de voir ces gens si élégants qui riaient au salon.

Je connaissais par cœur le détail de chaque marche, un pas à droite, deux pas à gauche, surtout que rien ne craque. Ma stratégie exigeait la surprise pour approcher les parfums du beau monde.

Humphrey Bogart, Lauren Bacall, Yul Brynner, Pierre Brasseur, Yves Montand et Simone, tout le monde du spectacle passait dans ma maison. Et c'est alors que j'intervenais.

Il me faut d'abord dire que, dans la famille, j'étais quand même une sorte de mouton noir. Jouant du piano du matin au soir, rien d'autre ne m'intéressait, je composais, j'interprétais. Bref, j'étais musicien.

Au grand étonnement de mon père pour lequel toute mélodie a toujours été une abstraction. Je ne l'ai jamais vu touché par une chanson, un soupçon d'émotion peut-être avec *La Marseillaise*, et encore...

Sa musique à lui c'étaient les mots.

Donc, l'oreille collée à la porte, j'attendais un éclat de rire pour faire mon entrée. J'étais sûr de mon coup. « Oh, comme il est mignon », ça, je l'ai entendu dans toutes les langues. Un baise-main par-ci, un sourire par-là et je m'approchais nonchalamment du piano.

L'air de rien, je m'asseyais et je plaquais mes mains sur le clavier.

Ça ne ratait jamais, en deux minutes, montre en main, je tenais ma salle, les femmes s'émerveillaient, les hommes me félicitaient et Marie me laissait faire en prenant un malin plaisir à entendre les explications de mon père sur mes dons musicaux. Et les gens de s'extasier, certains pernicieusement : « Mais d'où tient-il donc ça, mon Dieu ? Comme vous devez être fier… »

Et le plus beau c'est qu'il l'était, fier de son fils, de son Jantou, comme il aimait à m'appeler. Et moi j'étais aux anges, je triomphais.

Lorsqu'elle trouvait que le spectacle avait assez duré, Marie me priait de retourner dormir afin de reprendre le dessus, de retrouver son rôle, celui de la maîtresse, la reine de la maison.

Les journées aussi nous réservaient des surprises. Sacha Guitry, alors qu'il tournait un film d'époque intitulé *Le Diable boiteux*, avait pris possession d'un hôtel Directoire, à côté de chez nous avenue de Madrid. Pendant une semaine, tous les acteurs du film, amis de mon père, vinrent se reposer dans notre jardin.

Oubliant leurs tenues de tournage, La Fayette se plaignait de son dentiste, Napoléon de ses problèmes d'impôts.

Ce qui me valut en classe d'histoire une belle déconfiture, lorsque le professeur parla de Bonaparte et que je me levai pour dire innocemment :

— Je le connais, il est dans mon jardin !

Mon front tâta du bonnet d'âne durant un bon après-midi.

Même en classe, grâce à mon père, j'étais différent. C'était simple, il me suffisait en début de saison d'offrir au professeur des places pour *Bobosse* et j'étais tranquille pour le restant de l'année.

Pas vraiment doué pour les études, j'ai dû me faire virer sept ou huit fois. Tous les ans, d'écoles en lycées, je parcourais Paris.

Les week-ends, à la piscine Molitor, je rêvais devant les grands blonds qui épataient la galerie sur leurs patins de hockey. Ils avaient les bras dans le dos et de grandes mèches raides qui volaient au rythme de leurs corps. Pour ma part, je n'avais, hélas, que des patins de figure, sortes de bottines de femme ornées de petites dents crantées à l'avant qui me conféraient la virilité d'un hippocampe, et, avec mes cheveux bouclés, je n'étais pas vraiment armé pour séduire.

C'est pourtant là que je vécus mon premier baiser. Elle s'appelait Panchou, son pull « ras du cou » la moulait comme un bonbon acidulé. Nous manquions tous les deux cruellement d'expérience et je revois le moment où, assis sur les marches de la patinoire, nous avons approché nos lèvres bien serrées, bien crispées, pas sensuelles pour deux ronds. Le choc qui s'ensuivit nous amena les larmes aux yeux.

Je tentai aussitôt de me persuader qu'elles étaient provoquées par un émoi commun. J'étais déjà sur la mauvaise pente. C'était un signe du destin qui m'indiquait gentiment que par les femmes j'allais bientôt souffrir.

Le soir, je retrouvais mes copains de la bande de l'Étoile.

On avait rendez-vous au Scossa, avenue Victor-Hugo, ou au Mammy's, rue Balzac. C'était une bande d'adolescents du seizième et de Neuilly dirigée par Alain Castille, un voyou au charme dévastateur, et « Tarzan », un dragueur invétéré au torse des plus touffus, un inculte au bagou limité mais rapide. Une sorte d'éjaculateur précoce de la tête. Il montait et descendait les Champs-Élysées à longueur de journée à l'affût d'une conquête. Il était affreux et pourtant, tous les jours il en « levait » une. Comme je lui demandais son secret pour réussir à coup sûr, il me répondait d'un air énigmatique : « Je leur cause du sexe ! » Mon crâne devait être alors surmonté d'un immense point d'interrogation en néon car je n'avais aucune idée de ce qu'il voulait dire.

Alain Castille se servait de nous pour pénétrer dans les surprises-parties bourgeoises. Il y commettait des petits larcins et nous obligeait à casser des objets de valeur, juste pour le plaisir. Je connaissais bien le prix des opalines, car elles étaient les objets préférés de Marie Daems. Je me souviens encore de ma honte lorsqu'il me força à en jeter une vitrine entière par la fenêtre d'un appartement de l'avenue Henri-Martin.

Les désirs d'Alain Castille étaient des ordres auxquels il était exclu de ne pas se soumettre.

J'étais différent donc, à la maison aussi.

Car il y avait la couleur de ma peau.

Le teint hâlé des éternelles vacances et dans la gestuelle une désinvolture molle, contrastant singulièrement avec la sage raideur des Français de mon temps.

Je remuais les mains comme un Italien en colère et je rigolais comme un garçon du Sud.

Comment se faisait-il que sur une plage, en trois heures, je tenais de l'allumette brûlée, alors que mon frère et ma sœur mettaient trois semaines pour passer du concombre à la tomate mûre ?

Même encore aujourd'hui, il ne se passe pas une journée sans qu'on me demande avec un soupçon d'envie :

— Mais vous êtes bien bronzé, dites donc, et vous arrivez d'où ?

Alors que je lui posai cette question capitale, ma grand-mère, toujours stoïque, me répondit par une formule aussi lapidaire que définitive : « Ce sont les Espagnols qui sont passés dans la famille, il y a deux générations ! » Va pour l'Espagne. Encore qu'au tréfonds de mon âme enfantine un doute subsistât.

La sainte femme a-t-elle inventé ? Le croyait-elle vraiment ?

Je ne le saurai jamais.

Que m'importait puisque, ainsi qu'il aimait à me le répéter, j'étais le préféré de mon père.

Aussi loin que je me souvienne, Papa a toujours travaillé.

Je n'ai pas avec lui de souvenirs de vacances. Il pouvait jouer une pièce le soir et une autre le lundi de relâche, tout en tournant des films dans la journée, en plus une petite radio le matin ne lui faisait pas peur. Tout ça ne laissait pas beaucoup de place pour une éducation classique. Mais il était un exemple auquel nous voulions ressembler et il nous fit cadeau de ces moments inoubliables qui marquent des enfants pour la vie.

Il était né le 10 novembre 1919, il s'autorisait donc à nous faire croire que c'était en son honneur qu'on avait instauré le lendemain une fête nationale.

Comme nous le voyions peu, les rares moments que nous pouvions partager étaient souvent extrêmes. Soit il était très gai, soit très en colère.

Un jour, nous nous baladions en voiture, mon père au volant et les trois enfants derrière. Comme nous nous disputions mon frère et moi, je ne sais plus pourquoi, pour une raison d'enfant, dans un accès de colère je dis méchamment à Jean-Pierre : « Oh ! Toi, me fais pas chier ! »

Ce n'était pas d'une grande élégance et la peur

me gagna quand, après s'être garé, il pointa vers moi un index impérieux :

« On dit : Ne me fais pas chier. »

Il me semble que c'est ça qu'on appelle l'éducation.

La plupart de mes souvenirs se rapportent au théâtre, en particulier celui de la Michodière, il y a passé quinze ans, autrement dit toute mon enfance.

C'était un bel endroit sombre et mystérieux.

Je revois les acteurs en coulisses m'accueillant, parlant bas comme dans une chapelle, et mon père de profil dans la lumière, face aux foules invisibles dont l'odeur me hante encore.

Lorsqu'il m'apercevait près des grands rideaux rouges, tout en disant son texte il me clignait de l'œil, personne ne le savait, mais moi j'étais le roi. Sous les sourires attendris des humbles habilleuses, j'étais certain qu'alors il ne jouait que pour moi.

Dans *Bobosse*, je ne ratais jamais le début de la pièce qu'il commençait sur la tête en faisant le poirier. L'idée qu'un de mes professeurs ou des amis de classe avec leurs parents soient dans la salle m'enchantait. Mon père à moi, il n'est peut-être pas banquier, mais il se met sur la tête devant tout le monde et on l'applaudit.

Il avait dans cette pièce un long monologue dans lequel il engueulait copieusement un juge de cour d'assises. Je me souviens que, dans les couloirs des coulisses du théâtre, on entendait l'écho de sa voix dans les haut-parleurs de contrôle.

Et je revois ma sœur, Anne-Marie, la silencieuse, se faisant toute petite, terrorisée par cette voix qu'elle connaissait si bien, pensant que cette colère ne pouvait que lui être destinée.

Elle était trop bien jouée pour que ce fût un jeu.

Le maître d'hôtel au bar m'offrait toujours des gâteries. Le respect qu'inspirait mon père aux grands comme aux petites gens du spectacle rejaillissait sur moi. Je n'avais rien à prouver puisque j'étais le fils de François Périer.

La grande préoccupation de l'équipe était d'obtenir d'Yvonne Printemps, régulièrement accrochée à un verre qui n'était pas le premier, qu'elle accepte de quitter le zinc avant l'entracte.

Assis dans un coin, j'assistais, fasciné, aux stratagèmes contenus de Pierre Fresnay pour la sortir du bar. Affolé, Willemetz, l'administrateur du théâtre, le prévenait de l'arrivée imminente du public assoiffé. « Deux minutes, monsieur Fresnay ! »

Ce n'était pas commode, après tout, Yvonne Printemps c'était aussi la patronne. « Le public, mais qu'il entre, il ne me dérange pas ! » clamait-elle avec emphase. L'ennui, c'est que c'était elle qui risquait de déranger le public, car elle aimait parler fort et puis chanter aussi.

Fresnay usait alors de tout l'éventail de ses talents d'acteur, il passait de la tendresse à la colère, on aurait dit une audition au Conservatoire.

La belle Yvonne, dont les yeux malicieux riaient sous les dentelles, finissait par céder. Une bouteille à la main, elle s'en allait chanter, longeant dans les couloirs des coulisses les affiches d'anciennes pièces, qui, la voyant passer, la regardaient de leurs sourires figés, jusqu'en haut dans les loges qui en avaient vu d'autres.

Les soirées se terminaient au restaurant de La Cloche d'or et je mangeais mes frites avec les comédiens de la troupe, impressionné par les murs constellés de photos noir et blanc d'acteurs trop bien éclairés, leur apparente vanité encadrée pour toujours.

J'aimais bien l'atmosphère de la nuit.

Très tôt, j'ai connu l'univers des boîtes.

Par ma mère d'abord, qui en a tenu plusieurs, ça l'amusait de s'occuper pendant que les gens dormaient. Aux heures tardives, les clients se moquent des convenances, la société oublie ses codes pour en inventer d'autres, plus expansifs, un parfum de survie.

Dormir le jour et travailler la nuit, ça collait bien à son dédain des usages.

Sur les coussins de velours rouge, ils cherchent à s'échapper, les gens, même les vieux font jou-

jou, leurs bouteilles les connaissent, il y a leur nom dessus.

Durant des nuits entières, ma mère dansait.

Les solitudes mêlées se rejoignaient sur le mode excentrique, décidément, elle n'aimait pas les gens normaux.

À cette époque, dans les boîtes, tout le monde souriait.

C'est une drôle d'alchimie qui attire les fêtards, ça tient à une personne qui fait venir les autres. Ma mère était de cette race-là.

Ils venaient pour la voir. Ce n'est pas si fréquent, les gens qui ne jugent pas.

Le plus troublant pour moi fut sa période des clubs de lesbiennes.

Dans ces années-là, pour l'anticonformisme on pouvait difficilement faire mieux.

Une rouquine qui glousse entrouvre la porte. C'est bien connu, tout le secret des boîtes, c'est de faire croire qu'il y a une porte.

Smoking raide et fume-cigarette en nacre, une mèche noire trop collée sur le front et le sourire en coin, la patronne se pointe, bien campée sur ses mocassins vernis :

— Laisse entrer, c'est le fils à Jacqueline.

Encore des coulisses, mais toutes petites celles-là, avec des filles qui pleurent et puis des filles qui rient, avec des fesses toutes rondes et des cils trop longs, des regards lourds de rimmel pour des sourires bien rouges et toujours leurs mains dans mes cheveux.

Il y avait cette femme dans la trentaine qui arrivait sur scène en costume d'écolière, avec du « blush » aux joues et des nattes un peu bêtes, kilt plissé et chaussettes blanches, plus les inévitables lunettes rondes, il faut bien ça pour faire bander le péquin. D'un cartable en cuir brun, elle sortait une ardoise tout en mouillant de sa langue adulte ses lèvres jadis enfantines. À la craie, en travers, on pouvait lire marqué : « SEXE », joli frisson dans l'assistance.

Pas de problème, j'étais plus doué pour ces classes-là.

Marie Daems aussi m'emmenait dans des boîtes pendant que mon père tournait, mais des night-clubs spéciaux, uniquement pour les Noirs.

Un mélange hétéroclite de tissus bariolés et de bouteilles de scotch montées en lampes agrémentées d'abat-jour écossais.

Ça chaloupait dur le cha-cha là-dedans. J'avais quatorze ans, mais j'en paraissais dix, pourtant ils me traitaient comme un des leurs, chez Keur Samba.

Ils étaient bien gentils avec moi, ces hommes, toujours tirés à quatre épingles, sourires fluorescents ornant une langue rose, leurs corps bougeaient comme sur un coussin d'air, en piste c'étaient des fusées.

Les femmes blanches roucoulaient dans les parfums d'Afrique, offrant leur corps d'office, sans bien être conscientes du racisme du geste.

Le sexe. À quoi pouvaient-ils servir d'autre, ces géants élastiques ?

Sauf Marie, bien sûr, loin d'elle toute idée d'amours rapides, elle sortait le petit.

Donc chez Samba, grâce à ma couleur café au lait, pour les Blancs j'étais blanc, pour les Noirs j'étais noir. Pratique.

Pourtant cette dualité épidermique me vaudra plus tard des aventures contradictoires.

Ainsi en Algérie, durant mon service militaire, les Arabes me prenaient pour un Français, les Français pour un Arabe, or c'était la guerre. Dans les grandes avenues ensoleillées, je le jouais profil bas, glissant le long des murs, ton sur ton sur la brique, un mot de trop et j'avais toute la rue contre moi.

Plus tard, dans les années 60, j'eus droit à une autre variante, durant une tournée américaine en compagnie de James Brown.

Après une soirée passée à l'Apollo de Harlem, il m'avait emmené dans un restaurant, le plus luxueux qui soit, comme le sont en général les endroits où les Noirs d'Amérique se veulent plus blancs que les Blancs.

Après m'avoir dit bonsoir, il m'indiqua du doigt

à un de ses nombreux secrétaires, un jeune homme des plus stylés. Et me voilà dans les rues de Harlem avec une sorte de Brummell noir ébène, avançant timidement dans des rues constellées de regards hostiles.

Là, je me sens le seul Blanc à un kilomètre à la ronde. Dans une ruelle obscure, il m'attire vers une porte basse, suivie d'un escalier interminable, les murs suintent et moi-même je ne suis pas très sec. Au sous-sol, c'est un immense hall de gare rempli d'une foule impressionnante qui remue au son d'une musique infernale.

Tout est en négatif, sauf moi.

Au milieu de la pièce, sur une grande estrade ronde, une trentaine de filles au corps sculptural dansent à vous faire frémir. Le sbire, s'arc-boutant comme une liane pour condescendre à ma hauteur, me glisse alors à l'oreille : « Choisis celle que tu veux ! »

Le pouvoir de la star était si grand qu'il pouvait à distance, sur la simple évocation de son nom, conduire jusqu'à mon lit une de ces panthères, sans que l'idée vienne à celle-ci de penser refuser.

J'en pâlis, ce qui n'était pas vraiment opportun.

Le nombril de n'importe laquelle de ces déesses m'arrivant à la hauteur du nez, la peur me prit au beau milieu d'un sourire crispé.

Je me voyais déjà agrippé à une de ces croupes, puis propulsé d'un coup de reins vers un plafond hostile. Je déclinai donc l'offre poliment, prétextant une fatigue subite. En y repensant bien, je le regrette un peu.

Que voulez-vous, ce soir-là, j'étais blanc.

En revanche, avec Chuck Berry, durant une tournée que je fis seul avec lui dans sa Cadillac décapotable à travers le sud des États-Unis, après huit jours de route, j'étais aussi bronzé que lui. Lorsqu'il me déposa dans un hôtel d'Atlanta où j'étais attendu, le concierge m'ayant aperçu descendant de cette rutilante voiture conduite par un indésirable, je me suis vu, non sans plaisir, refuser l'hospitalité. Comme par hasard, mon nom avait disparu de ses tablettes.

Ce jour-là, j'étais noir.

Mais en 1955, pourquoi Marie Daems, qui m'aimait pourtant bien, m'emmenait-elle systématiquement chez ses amis de couleur ?

C'était gentil de vouloir m'apprendre à danser, mais était-ce innocent ?

Un soir, Samba, toujours courtois, me demanda de lui tendre la main.

Pendant qu'il regardait mes doigts, hochant la tête, acquiesçant en silence, Marie me caressa la joue et lui dit :

— Tu ne trouves pas qu'il ressemble à Henri ?

Henri ?

Aller chez ma mère était toujours une fête. Il faut dire qu'elle avait le beau rôle. Elle était les week-ends, elle était les vacances. Chez elle on faisait tout ce qui est interdit. Manger par terre, mettre les pieds sur les coussins, on était loin de l'ordre établi par Marie. C'eût été le meilleur des mondes s'il n'y avait eu ses hommes.

Que m'en reste-t-il aujourd'hui ? Un kaléidoscope d'attitudes, des copinages plus ou moins forcés, des odeurs étrangères.

D'abord Gérard Landry, dont elle avait eu mon petit frère Marc.

Un genre Clark Gable, mais italien. Le point culminant de sa personnalité, c'était sa moustache, fine et dure, le genre qui ne vole pas au vent.

Près du chalet de ma mère à Coppet, en Suisse, il avait obtenu qu'elle lui achète un garage, un vrai, avec pompe à essence et tout le toutim.

Les mains dans le cambouis, la mèche pendante sur un front luisant, ça vous confère une masculinité des plus convaincantes et puis ça ressemble au travail, apparence à ne pas négliger lorsque l'on vit d'une femme.

Bidon 5, il s'appelait, le garage, avec un peu de chance, un jour il serait rentable. Utile aussi, pour dorloter les bolides que ma mère lui offrait.

Par une belle journée d'été, il avait rassemblé des amis et toute la famille. Gainé dans une combinaison de cuir au velouté irréprochable, il avait pris place dans un hors-bord tout neuf. Vivre sans posséder cette stupide machine lui eût été insupportable. J'avoue avoir rarement côtoyé un objet réunissant autant de bêtise. Totalement inutile, tout plat, même pas beau et avec des moteurs qu'une fusée n'eût sûrement pas reniés.

Assis sous les platanes au bord du lac, l'auditoire fasciné se prépare à l'exploit.

Il s'éloigne lentement pour ne point fatiguer les entrailles mécaniques. Ça dure au moins une heure. L'angoisse de l'assistance est à son comble. D'autant qu'il faudra bien profiter du passage, car il nous a promis une vitesse mémorable. Du subliminal. Un record. C'est qu'il s'agit de justifier l'investissement.

Un bruit d'enfer au loin et le voilà parti.

Mon Dieu, quelle vitesse ! Bien que l'objet tienne plus du suppositoire que du supersonique, jusque-là, c'est quand même impressionnant.

Lorsqu'il arrive dans notre diagonale, alors que les têtes tournées vers la droite s'apprêtent à virer sur la gauche à une vitesse défiant toute cervicale, voilà que l'objet disparaît sous l'eau dans un petit plouf dérisoire. Les galets que j'envoyais ricocher sur le lac auraient fait plus d'effet. Plus de trace du bolide ni de son pilote, l'eau est claire et limpide comme s'il ne s'était rien passé.

Et de se précipiter dans le bon vieux bateau de pêche pour aller rechercher l'aventurier pendant que, enfin tranquilles, les cygnes reprennent leur chemin silencieux.

Tout mouillé, tout piteux comme une serpillière, il est là enfin, devant nous, décoiffé certes, mais la moustache fait front.

Il étreint ma mère comme un soldat qui a fini sa guerre.

Parti en gigolo, il revient en héros. Quelle leçon.

C'étaient quand même de belles vacances.

Puis il y a eu Michel M., un mou. Philippe N., que j'aimais bien.

Et quelques autres dont j'ai oublié les noms. Mais ce qu'ils possédaient tous en commun, ces hommes, c'est la vision systématique que j'avais d'eux lorsque je venais sonner chez ma mère, avenue de Wagram.

La porte s'ouvrait sur une robe de chambre en soie, un peu lourde, genre moiré. Je voyais d'abord la ceinture, je remontais le long du torse, parfois c'était agrémenté d'une pochette, parfois pas, puis je continuais jusqu'au visage, et là, il arrivait que la tête changeât.

Toujours le même sourire calme et condescendant de l'homme sûr de son fait, il se penchait un peu : « Entre donc, Jean-Marie. » Ma parole, il se croit chez lui !

Et surtout, il y avait la phrase.

Tous, vous entendez, tous à un moment ou à un autre, ils me l'ont dite.

Ils me prenaient d'abord par l'épaule pour marcher de long en large dans la pièce, il faut créer le contact pour parler au gamin. Pendant un instant de silence des plus gênants, je priais le ciel pour qu'il ne dise rien, mais inévitablement, dans un souffle, il lançait :

— Ta mère... (silence pénétré) est une femme formidable !

Comme je les ai détestés, ces hommes avec leur phrase. Car je le savais bien, moi, ce qu'elle voulait dire. Il dort avec elle, il la touche dans son lit où je n'ai pas ma place.

Parfois, dans Paris ou dans un restaurant, un type que je connaissais vaguement s'approchait, l'œil humecté d'émoi. Et il me prenait par l'épaule : « Ta mère est une femme formidable ! »

OK. J'avais pigé.

Comprenez-moi, je ne suis pas en train de vous dire que ma mère était une femme facile ou une dévergondée. On lui avait volé sa jeunesse en la privant d'amour, seul l'amour pouvait la venger.

Néanmoins, il faut bien le reconnaître, elle a eu beaucoup d'amants.

Du reste, quelques années plus tard elle m'a montré une lettre que je lui avais envoyée en 1955 pour la fête des Mères.

Je lui écrivais textuellement ceci : « Si seulement l'un d'entre eux ne me l'avait pas dite, cette phrase, moi, je lui aurais donné les moyens de te garder. On ne souhaite pas la fête des Mères à la femme d'un autre. »

Je ne voudrais pas trop en faire dans l'émotion facile, mais quand même, avec du recul, ça ne respire pas la sérénité.

Et puis vint ce jour de 1956, j'avais seize ans, j'allais voir ma mère pour le plaisir, sans idée préconçue.

Je sonne d'un doigt léger. La robe de chambre m'accueille comme à son habitude. Tiens, celui-là je le connais déjà.

Il s'appelait Stanley.

Un grand gaillard très beau, des yeux de séducteur, des narines animales, Algérien, danseur voyou mondain, un prince de la prestance. Je le voyais depuis longtemps danser dans la cave du club Saint-Germain, la boîte de jazz de la rue Saint-Benoît dans laquelle ma mère m'emmenait.

Stanley faisait les slows, assurait les be-bops, mais sa spécialité, c'était le cha-cha-cha. Alors que Xavier Cugat s'en donnait à cœur joie, il fallait voir sa tête sans expression aucune, les épaules immobiles et le bas qui tricote. Du grand art. Sur la piste, il effaçait tout le monde, on ne voyait que lui. Normal, c'était son métier.

Bien sûr, pour être à plein régime, il lui fallait une partenaire à la hauteur, comme la femme du dénommé Moustache, qui virevoltait depuis toujours dans les caves du quartier. Mais non seulement ma mère était belle, en plus elle avait une histoire. Quelle ascension sociale pour cet enfant de l'oued.

Sa tête, donc, je la connais déjà.

Il recule pour me laisser la place, ma mère étant absente, il cherche à l'excuser. Plus tard, j'apprendrai qu'en réalité elle se morfondait dans la pièce d'à côté.

Je le dérange un peu, mais sa politesse exige qu'il me cache les épuisements d'une nuit trop agitée.

Le soleil raye les tapis à travers les persiennes. Dans le salon, un silence un peu lourd s'installe entre nous deux. Il voudrait me parler, mais ne sait pas quoi dire. Il est trop grand dans la pièce et je suis trop petit. Il s'assoit donc pour me faire face, après tout, l'équilibre à deux c'est son métier, c'est important la géographie des corps. Engager la conversation, voilà tout le problème entre un petit déçu et un grand fatigué. Car ce qui nous unit n'est en rien partageable, il est chez elle, je suis chez moi. Et curieusement, le rapport de forces est inverse à la stature des protagonistes de cette scène sans parole. Sans rien dire, le beau rôle, c'est moi qui l'ai.

L'après-midi sera long si Maman n'est pas là.

Ses yeux cernés vont de la plinthe au mur, détaillant désespérément le moindre recoin d'une pièce qu'il connaît par cœur. Il regarde ses mains, puis une paire de chaussures que ma mère a laissé traîner là, comme un témoin stupide de la gêne affichée de deux personnes qu'elle aime.

Alors, dans une rotation du corps qui dure une éternité, il se penche derrière la table basse sur laquelle il s'est assis. Il attrape quelque chose que je ne vois pas encore. C'est la pochette d'un disque de couleur brune qu'il tend devant mes yeux d'un geste sec et maladroit.

Et dans un souffle il dit : « Voilà ! Ton père c'est pas ton père… Ton père, c'est lui ! »

Je ne sais pas exactement à quel instant j'ai compris son message.

Je le dévisageais, comme si l'explication de cette phrase insensée se terrait dans le bleu de ses prunelles. D'un mouvement brusque, il relève la pochette pour se cacher de moi. Et je vois, enroulé autour d'une guitare, un Noir au sourire clair, affichant l'éclat d'une joie trop ostentatoire pour réussir à masquer la tristesse de ses yeux.

Au-dessus, il y a marqué, en lettres d'or : Henri Salvador.

Ce qui se passe ensuite, je ne m'en souviens pas. Trois, quatre ou cinq heures, aucune idée.

Il y a un trou, un trou noir, comme c'est drôle.

Et je me retrouve rue Saint-Benoît, au milieu de la nuit, assis à la terrasse de la Malène, en compagnie d'amis homosexuels, des gens très bien et qui m'aimaient beaucoup. Surtout un, que je nommerai Bertrand. Il était incontestablement amoureux de moi, il m'a beaucoup aidé par la suite, en me protégeant des autres, sans jamais rien me demander.

J'ai compris grâce à lui ce que signifiait souffrir en silence.

Je me sentais en phase avec ces hommes au destin difficile, avouer son homosexualité dans les années 50 exposait aux sarcasmes, voire au mépris. Nous avions en commun une retenue imposée, écorchés par les rênes de secrets différents qu'il nous fallait garder.

Liées tacitement par des raisons lointaines, nos différences nous rapprochaient sans besoin d'en parler.

Bertrand a tout de suite perçu mon trouble et m'a emmené dîner. Mais je ne pouvais dire un mot, ma tête était zébrée de questions insolubles.

Pourquoi Stanley avait-il pris ce risque ?

Était-ce donc un secret qui torturait ma mère ?

Depuis combien d'années voulait-elle m'en parler ?

Naturellement, un peu plus de finesse eût été bienvenue, mais c'était un homme simple, Stanley, alors il avait fait les choses simplement. Pour l'aider sans doute. Il n'était qu'agréable, il voulait être utile.

Il n'y a qu'à le lui dire, au petit, et comme ça ce sera fait. Effectivement, c'était fait.

Comme elles sont compliquées, les choses des grandes personnes.

Pourquoi mon père ne m'en avait-il jamais parlé ?

J'appréhendais vraiment mon retour à Neuilly, je l'espérais aussi, qui d'autre que mon père pouvait tout éclaircir ? Mais oserais-je ?

Plus tard, dans mon lit, j'écoutai les murmures du dîner au salon.

Je ne descendis pas, préférant regarder les feuilles des marronniers éclairés par la lune, ce soir-là, je n'irais pas faire le beau.

Combien de jours passèrent ? Les murs de la cour du lycée Pasteur me semblaient fades. J'étais ailleurs, tout au souvenir du regard de l'homme sur la pochette.

Henri Salvador. Je n'en avais jamais entendu parler.

Il donnait un spectacle à Paris, je crois que c'était à l'Alhambra.

Tiraillé entre la peur et la curiosité, le dimanche après-midi, je prétextai l'envie folle de voir un film et me rendis devant la porte du music-hall.

Il fallait que je sache, il fallait que je voie.

Sur la devanture du théâtre, il y avait une grande affiche de lui.

Je retrouvai les yeux contrariant le sourire et des mains comme les miennes sur un manche de guitare.

Traînant dans la rue, je passe et repasse devant les portes de l'Alhambra, et brusquement je rentre et me rends à la caisse.

J'achète une place, le cœur battant.

J'ai l'impression de trahir, mais je ne sais pas qui.

Des spectateurs aux ouvreuses, personne ne semble prêter attention à ce gamin, car j'en ai l'apparence. J'avance dans la foule chaude. « Voulez-vous un programme ? » Et je m'assois sur le siège de velours bordeaux. La salle est pleine, je dévisage les gens, ils me prennent pour un des leurs. Ils ne savent pas qui je suis.

Avec satisfaction, je prends conscience qu'ici aussi je suis différent.

Les lumières de la salle baissent et le rideau frémit.

La première partie commence, une jeune chanteuse anglaise, je crois que c'était Petula Clark. Son accent est charmant, elle a de belles manières, sa voix m'emmène ailleurs, je suis au spectacle. Étrangement je deviens comme tout le monde, j'en oublie presque pourquoi je suis là.

Entracte interminable et le rideau s'ouvre à nouveau.

Dans une forte lumière, une trentaine de musiciens attaquent avec force un air de jazz bien tourné. Chouette, me dis-je, c'est de la bonne.

Et tout à coup arrive sur scène une exagération de moi-même, en costume blanc parfait.

Je ne sais pas s'il avance ou s'il danse, il effleure le sol, on dirait que la scène le suit. Il chante en se marrant, il se marre en dansant, il est chez lui. Sa peau poudrée m'étonne, ses mains sont partout à la fois et ses yeux, j'ai peur de les croiser.

Je me recroqueville parce que je suis en train de me rendre compte que ce qui se passe devant moi, offert avec maîtrise et désinvolture, est l'accomplissement abouti de tous mes rêves d'avenir. Ce que je commençais à peine à imaginer devant mon piano, il me le livre en grand comme un paquet cadeau.

L'expression « le ciel me tombe sur la tête » me semble un peu courte pour décrire mon état. Il attaque alors un numéro hallucinant.

Dans le silence le plus total, il s'approche du bord de la scène, regarde la salle sans mot dire et commence à rire tout doucement.

Progressivement le rire monte ; d'abord interloqués, les gens commencent à comprendre et se mettent à rire eux aussi. Puis il continue, tranquille, haussant la rigolade jusqu'à son paroxysme, en tenant son public à bout de bras pendant un bon quart d'heure.

Seul, juste avec son talent.

Dans la salle, tout le monde se marre, sauf moi.

L'apothéose musicale de la fin du spectacle, je ne l'entends même pas.

Tétanisé sur mon siège, je laisse le public sortir. Ils ont passé une bonne soirée, la mienne est indéfinissable et elle n'est pas finie.

Il faut maintenant que je le voie de près. Le chemin des coulisses, dans ma famille, on le trouve toujours.

L'endroit est rempli de gens très à l'aise, il y a du champagne et beaucoup de fumée. Je me faufile, je le cherche, je croise la chanteuse, c'est toujours étrange de voir de près ceux qu'on a vus de loin.

J'entends des cris de joie, je sens qu'il est par là.

Et tout à coup, le voici, à deux mètres devant moi, de profil, caché derrière le paravent de son rire, son corps de danseur à l'aise dans son beau costume blanc. Je n'ose pas bouger. De quoi ai-je peur ?

Puis-je lui parler ? Dois-je lui serrer la main ? Jusqu'à ce qu'une pensée me terrasse en me clouant sur place.

Sait-il seulement que j'existe ?

À ce moment crucial, un homme sans visage m'attrape par le bras.

— Faut pas rester là, dit-il en m'emmenant vers la sortie.

Je me retrouve, je ne sais trop comment, dans la loge de la chanteuse qui, touchée par ma mine, me donne un autographe. Ce n'était pas exactement le but de la soirée, mais c'était gentil.

Et me voilà dehors. De retour à la vie, je n'ai qu'une pensée :

Parler avec mon père. Avec François Périer.

Cependant, j'attendis quelques mois pour oser me lancer, c'était un peu après Noël.

Il est tard dans la nuit. Je suis dans son bureau.

Ma peur est indicible, ce que je vais lui dire, en ai-je le droit ?

Va-t-il se mettre en colère ? Elles me font peur, ses colères. À cause de ses silences, ses absences, il se sent coupable, alors il crie.

Mon père, tout le monde m'en parle, mais je le vois très peu, et puis c'est un comédien, c'est-à-dire un menteur qui s'attribue des vérités qui ne sont pas les siennes. Il est toujours plus ou moins en représentation. Sa tendresse prend souvent la forme d'un spectacle, il ne sait rien faire d'autre et ce qu'il nous donne, il veut que ce soit le mieux.

La marge est étroite pour celui dont la vie consiste à mentir pour le plaisir des autres. Il arrive qu'ils se perdent en route, les acteurs, ils ne savent plus très bien où s'arrête le théâtre. Il n'est pas simple pour un enfant de dire la vérité à un père dont le métier consiste à la travestir.

En plus il est pudique, il ne dit jamais rien ou alors il plaisante, il fait comme il le peut, je ne lui jette pas la pierre, je fais comme lui maintenant.

J'attends dans la pénombre en regardant dehors ce jardin plein de souvenirs. Il paraît plus petit et pourtant il m'appelle : « Viens donc rouler dans l'herbe. Viens jouer comme avant. Viens grimper dans les arbres pour regarder les fenêtres, les ombres des parents qui passent et repassent devant les opalines. »

Mais je ne bouge pas, depuis quelques semaines je suis moins un enfant.

Le voilà qui ouvre la porte d'entrée, une grande porte en fer avec des glaces qui vibrent.

Je sais qu'il traversera cette pièce, mon père est un homme d'ordre.

En entrant, il me voit aussitôt, curieusement, il n'a pas l'air étonné. « Bonsoir, mon Jantou. »

Et moi je suis debout, bien tendu, petit homme. J'attends qu'il soit assis à son bureau et d'un seul trait, je dis :

— Papa, tu sais, pour mon père, je sais !

L'homme qui est devant moi, c'est mon épaule, ma seule référence, un géant que j'admire, c'est mon père que je vois. Peu à peu son visage change, il évite mon regard et, dans un silence interminable, il prend sa tête dans ses mains et se met à pleurer.

Et la honte m'envahit.

Il avait oublié.

D'habitude, un homme qui pleure c'est réservé aux femmes, mais son père... C'est un monde qui s'écroule, il n'y a pas de geste prévu pour ça, on est les bras ballants, on est petit, on voudrait être grand.

On a honte d'être là, on n'est pas à sa place.

Ce soir-là à Neuilly, je l'ai donc laissé seul dans son bureau avec sa peine. Nous n'avons plus jamais abordé ce sujet avant les années 80.

Assis sur mon lit, je contemplais la veste en daim qu'il m'avait achetée pour Noël. Il m'avait tout donné, au fond, mon pain, un toit, des vacances. Les préceptes de ma grand-mère et sa droiture à lui m'avaient conduit à l'évidence ridicule que je devais le rembourser.

Je décidai cette nuit-là de tout faire pour lui ressembler. Tout ce qui rappelait « l'autre », je devais le couper. Et je pris la décision la plus grave et la plus bête de toute ma vie. Je ne serais pas musicien, et je refermai le piano pour toujours. Bien sûr, ça, je ne le lui ai jamais dit.

Désormais je marchais comme mon père avec

les pieds un peu écartés, genre « dix heures dix », je m'essayais à des colères factices, enfin j'essayais d'avoir l'air français, je voulais être lui.

Si seulement j'avais pu en parler à un adulte, à mon ami José Artur, ou même à Bertrand. Il m'aurait expliqué que ce n'était pas grave, que je n'étais pas le seul et qu'on a tous les droits.

Mais la chape de plomb du secret dont je ne comprenais pas les contours m'empêchait d'aborder ce sujet avec qui que ce fût. Dommage que Colette, la troisième femme de mon père, n'ait pas encore été dans notre vie.

À elle, je suis sûr que j'en aurais parlé.

« Qu'est-ce que je vais bien pouvoir faire de ce grand con ! »

C'était une phrase comme une autre pour masquer sa gêne, car je lui avais annoncé quelque temps plus tôt ma décision de ne plus faire de piano. Nous n'avions pas reparlé de ce pénible échange, et je n'ai jamais su s'il avait compris que la décision insensée que j'avais prise en découlait.

Qu'allais-je pouvoir faire de mon existence ? Je me regardais dans le miroir en me rappelant la phrase qu'Édith Piaf m'avait dite un soir que j'avais été la voir en coulisses. Je devais avoir douze ans et cette petite femme magnifique s'était donné le mal d'engager la conversation.

« Que veux-tu faire plus tard ? » m'avait-elle demandé.

« Je veux être artiste, comme papa », avais-je répondu sans imagination. Tout en me regardant, la tête un peu penchée, elle avait dit : « Si tu veux être artiste, c'est simple. Prends tes défauts, mets-les en avant avec affirmation, et ils deviendront des qualités que les autres imitent. » Elle m'avait simplement résumé tout l'art du spectacle en une phrase.

Frank Sinatra chantait *One more for the road, and one for my baby*. Je l'avais demandé pour Noël. J'avais regardé un moment cette pochette un peu ridicule sur laquelle le chanteur était dépeint en clown triste avec une larme qui coule. Puis, comme toujours, précautionneusement avec l'ongle, j'avais découpé la fine pellicule qui entourait le disque et aussitôt plongé mon nez dans la pochette pour respirer l'air qui venait de là-bas, des lointaines Amériques.

J'étais allongé dans le salon seulement éclairé par les mille lumières du sapin qu'on n'avait pas défait. J'aimais bien l'odeur du lendemain de fête. Mon père et Marie étaient au théâtre, tout le monde dormait.

Et je me répétais : « Maintenant, quel métier, quel avenir ? »

Une existence sans musique était inconcevable. Qu'allais-je faire du grand orchestre qu'en permanence j'avais dans la tête ? Miles Davis, Dexter Gordon, Philly Jo Jones improvisaient sur mes mélodies et je venais d'engager Sinatra.

J'ignorais que, plus tard, écoutant composer McCartney ou Berger, Dutronc ou Eddy chanter dans un studio, Mick ou Johnny emballer les foules, je serais là, à deux centimètres, en coulisses comme toujours à les regarder faire. Ceux-là encore, pas de problème, leur talent m'en imposait, je n'aurais su faire de même. En revanche, il y en avait certains, dont je tairai les noms… Et je devrais les mettre en valeur, en plus, ce serait ma fonction.

Donc sous mon arbre, je regardais le piano fermé. Quel métier, quel avenir ? Ma vie était vide et personne à qui parler.

Même encore aujourd'hui, la vue du moindre pianiste de bar me donne des battements de cœur, si je l'avais voulu, j'aurais pu être lui.

Et Sinatra de chanter jusque très tard : *One more for the road, and one for my baby.*

Rome, juillet 1956.

Mon père tournait *Les Nuits de Cabiria* avec Fellini. Il m'avait emmené sur ce tournage pour embellir mes vacances. Après trois classes redoublées et une vaine tentative dans la plupart des établissements scolaires parisiens, la mort dans l'âme, il avait décidé qu'il était plus prudent de me lancer dans la vie active.

C'était une des rares fois que je passais autant de temps avec mon père. Et il y avait Rome, les dîners à la terrasse de l'Hôtel de la Ville, la découverte du melon-parme, *Bambino*...

Un tournage italien, à Rome en plein été, dirigé de surcroît par un génie visionnaire, était à coup sûr un spectacle des plus instructifs pour un jeune homme de mon âge.

J'avais en mémoire l'ambiance des films français, comme lorsque mon père tournait *Gervaise*. Tout se déroulait dans un silence religieux.

Je me souviens d'un jour où un jeune comédien, inquiet sur les motivations de son rôle, un tatillon, un précurseur de l'Actors Studio, harcelait le metteur en scène pour obtenir des explications.

Toute l'équipe attendait la fin de sa petite crise lorsque, dans un silence de plomb, un machiniste perché sur une échelle lança à la volée, en secouant sa gitane maïs : « Ah, y a plus de cons que de femmes ! »

Ce fleuron du bon sens populaire avait pris son relief grâce au silence ambiant.

Mais sur le plateau italien, c'était le contraire, tout le monde parlait fort, même si la caméra tournait. Je compris plus tard que le son n'avait pas d'importance, ils refaisaient tout en synchro trois mois après.

Fellini m'a d'ailleurs lui aussi fait un cadeau sublime. Un soir, vers minuit, l'équipe avait envahi une place de la ville. Des dizaines de projecteurs éclairaient l'endroit comme en plein jour.

Les visages allaient du patibulaire à l'hétéroclite et tous parlaient et bougeaient dans tous les sens, inventant un désordre surréaliste.

Lorsqu'il me voit, moi, l'enfant de seize ans qui en paraissait onze, assis dans un coin. J'ai honte à le dire, je m'ennuyais. Il va voir mon père et lui dit avec son accent merveilleux :

— François… ton fils… Je l'emmène faire un tour.

À ses assistants, il donne quelques ordres en désignant une grande avenue noire. « Éclairez donc ça, je reviens tout à l'heure. » Il y en avait bien pour deux heures de peine. M'embarquant dans une petite voiture, il traverse la ville et va jusqu'au Forum.

Nous voilà pénétrant dans les arènes inondées par la lune et il s'assoit en m'intimant l'ordre de faire de même.

J'étais impressionné par sa stature, j'observai son profil surmonté d'un chapeau, alors qu'il contemplait l'endroit en silence. Puis il se tourna vers moi et, pendant une bonne heure, il me raconta l'histoire de Rome, mais la vraie, c'est-à-dire la sienne.

— N'écoute pas les professeurs, César, il était haut comme ça, d'ailleurs c'était un con…

J'aurais dû tout noter, comment pouvais-je imaginer qu'il me racontait *Satiricon*.

Voilà un homme, déjà célèbre, capable de laisser en plan d'énormes responsabilités, parce qu'il avait vu dans un coin un enfant s'ennuyer.

« Qu'est-ce que je vais faire de ce grand con ! » Mon père posait cette question à tout un chacun. Un jour, nous déjeunions à une terrasse avec Benno Graziani, un homme charmant qui riait de tout et d'abord de lui-même. Il considérait sa vie comme un passe-temps, alors pourquoi ne pas être journaliste ? Il dit à mon père de la façon la plus péremptoire : « Quand on ne sait pas quoi faire de son fils, on le met à *Paris-Match* ! »

Cette phrase désinvolte était le privilège d'un noyau très restreint du Paris des années 50, tant il est vrai que cette publication était composée de pas mal d'enfants gâtés. En ce temps-là, être photographe à *Match*, c'était faire partie des veinards de ce monde.

Ils ne roulaient qu'en Ferrari, bousculaient des ministres, épousaient des princesses, le tout aux frais d'un patron, Jean Prouvost, pas trop regardant pourvu qu'il y ait du sport.

— Veux-tu être photographe ? me demande Benno de sa voix rieuse.

Il m'aurait dit plombier ou chasseur de têtes que ça ne m'aurait pas plus ému, je ne faisais pas de musique, ma vie ne m'appartenait plus.

Quinze jours plus tard, je reçois un télégramme me donnant rendez-vous rue François-Ier, pour rencontrer celui qui allait devenir bien autre chose qu'un patron.

Il s'appelait Daniel Filipacchi, photographe à *Marie-Claire*. Il était beau, rare, imprévisible, ne ressemblant à personne. Il avait un père extraordinaire, inventeur, entre autres, du Livre de Poche.

Mais, sur un point important, Daniel voulait se démarquer de cet homme pour lequel il nourrissait tendresse et admiration.

Son père avait toujours travaillé pour les autres, lui ne voulait à aucun prix être un employé. La suite lui donna raison. Trente ans plus tard, il avait créé cent journaux à travers le monde. Il tenait aussi de lui le goût obsessionnel de la collection. Son père possédait tous les disques de jazz existant sur la planète.

De même, Daniel, dès qu'il avait jeté son dévolu sur un objet quelconque, ne pouvait s'empêcher de transformer cet intérêt en passion compulsive. S'il aimait une voiture, il lui en fallait deux ou trois, toujours du même modèle. Un jour à Marnay, sa maison de campagne, il décida d'aller à la pêche dans la rivière voisine. Aussitôt il acheta tous les modèles de cannes disponibles sur place, qu'il s'agisse du gardon de ruisseau à l'espadon de pleine mer.

Toute sa vie il collectionna, et comme les vrais passionnés, toujours en silence. Il nous en donna la preuve, en 1999. Pendant qu'il inventait un empire de presse qui, à lui seul, aurait déjà rempli la vie d'un honnête homme, il réunissait une collection d'art surréaliste pour laquelle le musée Guggenheim de New York fut un peu trop étroit. « C'est pas mal ici, mais c'est un peu petit, j'en ai encore trente pour cent dans des caves... », me dit-il avec cette façon unique de parler qui en influença plus d'un. Beaucoup l'imitaient, aucun ne lui ressemblait. Ne serait-ce que dans sa façon de s'habiller. Il était le seul à oser porter des costumes que même un vendeur de voitures du Kentucky aurait hésité à mettre. Le genre en tissu brillant qui passe du parme au vert bouteille selon l'angle de vue, sans oublier la cravate dans la même veine. Il agissait avec une assurance qui forçait la sympathie.

Irrésistible pour certains, son humour était incompréhensible pour la majorité. J'en ai vu plus d'un tenter de le faire rire, lui contant une blague qu'il pensait irrésistible, et Daniel impassible qui les regardait d'un air un peu las, comme si la chute était à venir.

Et puis si vous disiez : « Tiens, j'ai mal au genou aujourd'hui... », il pouvait partir dans un fou rire inexplicable.

C'est surtout un homme d'une incroyable fidélité et qui, chose très rare, n'en a jamais voulu à ceux qui ont contribué à faire sa fortune.

Il ne comprenait pas ceux qui le voyaient comme un homme d'affaires. En effet, sa force et son talent, c'est de n'avoir créé que des journaux qui correspondaient exactement à ses goûts. Il aime la musique, il fait *Jazz magazine* et *Salut les copains*. Il est séduit par les femmes, *Lui* voit le jour. Les bateaux le tentent, en avant *Mer et moteurs*, etc. Il représentait le contraire de la presse d'aujourd'hui qui ne fait que des « concepts » à coups de sondages, comme si on pouvait inventer un journal en demandant leur avis aux gens.

Ses deux créations les plus originales étant, à mon sens, *Union*, petit mensuel sur le sexe au tirage incroyable, tricoté par une seule personne, Myrette Tiano. Voilà une charmante dame à l'allure vraiment sage dont je me demande comment elle fait pour regarder les hommes dans les yeux sans avoir une irrépressible envie de se retourner comme un gant en vomissant jusqu'aux moindres boyaux, quand on sait à quelle industrielle quantité de perversions sexuelles ont été confrontés ses yeux de jeune fille.

Son deuxième chef-d'œuvre étant *Infos du monde*, le dernier journal qu'il lança dans les années 90. C'était une ode à l'absurdité, un objet dadaïste, la dérision absolue, une perfection du genre dont je reste persuadé que Daniel était l'auteur secret.

Donc, en 1956, la vie me souriait, je me découvrais un troisième père.

Rien à dire, de ce côté-là, j'étais nanti.

À Rome, Benno Graziani avait vu juste, je lui dois beaucoup. Quelle aurait été ma vie s'il m'avait présenté à un photographe spécialiste des guerres ?

Mais le destin vous fait parfois cadeau d'un sens de l'humour des plus pervers.

Car si, pour Daniel, la photo servait accessoirement de gagne-pain, c'était surtout pour lui l'occasion de s'intéresser de près aux plus belles femmes de la planète. Sa vraie passion m'était beaucoup plus proche.

Il avait tous les soirs, avec Frank Ténot, une émission de radio, « Pour ceux qui aiment le jazz ». Ils étaient nombreux, les Français qui collaient leur oreille contre leur transistor dès que retentissaient les premières notes des Jazz Messengers. Il organisait des concerts avec Norman Granz et dirigeait un journal consacré uniquement à cette musique, pour lequel il me fit, du reste, travailler illico.

Je n'avais donc pas refermé mon piano depuis deux mois que je me retrouvai instantanément au contact de tous les plus grands musiciens de l'époque, tout le gratin du jazz passant par la France défilant devant mon objectif. J'étais aux anges.

Quand j'allais rejoindre ma mère au Club Saint-Germain, elle connaissait tout le monde, mais moi, maintenant je pouvais lui présenter les musiciens. C'était le temps du saxophoniste Barney Wilen, la coqueluche de la boîte, lorsqu'il jouait avec Pierre Michelot, René Urtreger et Kenny Clarke. Jean-Pierre Cassel dansait à en perdre haleine sous les yeux de Zizi, une belle Noire aux jambes anéanties par la poliomyélite, que le jeune Alain Delon, tout juste libéré de l'armée, protégeait comme le prince qu'il savait être.

Marcel Romano me souriait, Eddie Barclay n'en était qu'à son premier mariage.

J'étais heureux, j'étais parmi les grandes personnes.

Sous un soleil de plomb, j'attends à l'aéroport de Nice l'arrivée de Dizzy Gillespie pour le festival de Juan-les-Pins. En ce temps-là, les photographes faisaient le pied de grue sur le bord des pistes pour immortaliser les gens à la porte de l'avion. Mes confrères sont beaucoup plus âgés que moi et c'est avec fierté que j'arbore ma carte de presse et son drapeau français, ma photo souriante et le mot magique : *Jazz magazine*.

Ils peuvent me balancer leurs sourires en coin de professionnels narquois, ils ignorent que je le connais bien, Dizzy, il m'a pris sous son aile à Paris et puis il est noir, or pour l'instant dans l'assistance, c'est moi le plus bronzé.

Le Super Constellation arrive et vient se garer devant nous.

Pendant que le chauffeur de la limousine s'arrête au bas de l'escalier, les pilotes et l'équipage descendent en premier, faisant une haie d'honneur aux passagers pour leur dire au revoir. C'était une jolie coutume, arriver de New York était encore un voyage.

Les flashes des photographes illuminent les marches tandis que Dizzy descend en vitesse sans se retourner. Derrière lui, appuyée à la porte, il y a une femme un peu chancelante, le chapeau de travers, qui ne bouge pas en marmonnant des mots d'argot, des mots de là-bas.

Moi, j'attends, tranquille, et au dernier moment je me glisse sous les jambes des adultes pour me retrouver au premier plan. Lorsque Dizzy m'aperçoit, il me prend par la main et m'entraîne avec lui dans la limousine. Les photographes me regardent d'un air ébahi.

C'est comme ça, messieurs, moi je suis l'ami de Daniel Filipacchi !

Dizzy demande au chauffeur de partir au plus vite.

— Tu comprends, me dit-il, ma femme s'est bourrée à mort pendant tout le voyage et là elle croit qu'on vient d'atterrir à New York. Allons boire un coup tranquille, my friend, après on fait ce que tu veux.

Et c'est ainsi que, sur une plage de Nice, je lui ai demandé de se déshabiller pour le photographier dans l'eau jouant de la trompette.

Ce fut ma première couverture du journal *Jazz magazine*.

Ella Fitzgerald aussi m'aimait beaucoup, mais de façon différente. Elle me regardait comme un bonbon. De ses mains à la paume blanche, elle me serrait contre elle en caressant mes cheveux, j'étais terrorisé.

Dizzy, qui jugeait ça très drôle, n'avait rien trouvé de mieux que de m'enfermer avec elle dans sa loge. Elle était énorme, mais sa démarche était légère. Elle s'approchait de moi au milieu des grappes de fleurs que lui avaient envoyées des admirateurs qui auraient donné cher pour être à ma place.

Et pendant qu'elle m'étreignait avec force en chantonnant mon nom, le visage calé au centre de son opulente poitrine, je tentais, à défaut de ma liberté, de reprendre ma respiration.

Finalement j'ai des regrets, c'eût été un dépucelage des plus originaux, mais je ne vois pas bien comment j'aurais fait sans boussole, je crois qu'on ne m'aurait jamais retrouvé. Quand même, j'aurais dû. Après tout, elle était la plus grande chanteuse du monde.

Il faut savoir ce qu'on veut quand on aime la musique...

Le plus élégant de tous était de loin Miles Davis.

À nouveau en bas des marches à l'aéroport de

Nice, je l'attends avec mes confrères, lesquels me prennent déjà beaucoup plus au sérieux.

Pendant que les passagers descendent, une Jaguar sombre vient se ranger au bas de l'avion. Le chauffeur sort, laissant le moteur tourner, toutes vitres ouvertes, et s'en va. Les voyageurs sont sortis, l'escalier est vide, pas de Miles Davis.

Et il apparaît sur le fond d'acier froid de ce monstre métallique qui semble n'avoir été construit que pour traverser l'Atlantique dans le seul but de le déposer là. Il se détache maintenant sur le ciel bleu roi dans un beau costume noir, un peu brillant, près du corps, avec des pantalons très courts et des chaussures basses. À la main, il n'a que la mallette en croco de son instrument, seul un bouton de manchette de diamant a l'insolence de scintiller.

Ses lunettes noires sont plus claires que sa peau, des dents d'une blancheur insultante illuminent son visage de serpent tandis qu'il descend calmement comme si l'avion et tout le reste du monde lui appartenaient.

Celui-là, c'est un prince, en bas la foule s'écarte, impressionnée, il ne dit pas un mot.

Il bouge comme l'on danse et s'assoit au volant de la Jaguar bleu nuit.

D'un doigt interminable aux ongles à la blancheur étrange, il appuie délicatement sur le bouton d'une machine inconnue encastrée dans le tableau acajou. Les notes péremptoires d'un concerto de Jean-Sébastien Bach envahissent la piste. Sans nous jeter un regard, il passe la première et s'enfuit comme le vent.

Mon grand-père avait l'habitude de dire que l'élégance, c'est ce qui nous ressemble. Ce jour-là, j'aurais aimé que ce fût vrai.

À Paris le matin, Daniel faisait des photos « de mode ». On attendait Suzy Parker ou Sondra Peterson. Elles arrivaient sublimes, se maquillant et se coiffant elles-mêmes en une demi-heure. Quand je vois les top models d'aujourd'hui, lorsqu'elles entrent au studio, on dirait des crevettes et il leur faut trois ou quatre heures à l'aide d'une papillonnante équipe pour égaler ces beautés d'antan.

Pendant un an, Daniel et Frank me firent participer à leur émission, j'y avais le rôle du Candide. Ils ne pouvaient tomber mieux. Le jour où, à l'antenne, je demandai innocemment à propos d'Ellington si « Duke » voulait dire canard, Frank et Daniel pensèrent qu'il était peut-être sage de remettre à plus tard ma carrière sur les ondes.

Connu sur la place pour être assez distant, Daniel me témoignait une rare tendresse. Le soir, après les émissions, il me reconduisait jusqu'à Neuilly. Sa voiture garée devant la petite porte noire de la rue du Bois-de-Boulogne, il me parlait des heures durant de sa vision des choses.

Là encore j'aurais dû tout noter, ce n'est pas

donné à tout le monde de recevoir d'un homme pareil une deuxième éducation.

Mon admiration pour lui m'a sauvé du marasme, rangeant mes idées noires au rayon des souvenirs, vouloir lui ressembler m'évita des erreurs. Car j'étais la coqueluche des homosexuels du Quartier latin.

Depuis cette malencontreuse conversation avec Stanley, j'avais un peu le sentiment d'avoir tué ma mère et toutes les femmes avec.

Je n'étais pas loin de penser que tout compte fait, ce qu'il me fallait, c'était peut-être un homme. La tendresse de Bertrand qui servait de barrage et l'exemple de Daniel dont j'étais obsédé m'évitèrent un détour qui eût pu m'être fatal. N'exagérons rien, disons que cela m'aurait fait perdre un peu de temps.

Marie-Claire et *Paris-Match* étaient situés au 51 de la rue Pierre-Charron. Vous dire que je n'ai pas la nostalgie de ces années-là serait mentir.

Les étés, dans la cour de l'immeuble, on déjeunait dans la trattoria en dévorant des yeux la fille de la marchande de fleurs du coin de l'avenue George-V. Elle avait les plus beaux seins de Paris, et rendait fous tous les photographes.

Monsieur Henri, un vieux Hongrois, vendait des appareils en faisant crédit à tout le monde, personne ne le payait, il gémissait un peu, mais revenait quand même. Les laborantins aux doigts jaunis par les produits toxiques toisaient les photographes de *Match* du haut de leur savoir. Des fenêtres des rédactions, on sifflait les filles en balançant des verres d'eau sur les vieux de l'American Legion. Hervé Mille et Roger Thérond dirigeaient ce petit monde, accompagnant Jean Prouvost dans des bureaux boisés que je voyais de loin. C'était un patron au rare sourire, ça sentait le mystère. Jean Roy et Jean-Pierre Pedrazzini, deux grands journalistes de *Match*, venaient de se faire tuer dans des guerres étrangères.

Il y avait ceux dont je ne saisissais pas la fonction, comme Dubois, connu comme le préfet du silence parce qu'il avait interdit les klaxons des voitures en ville.

Il m'aimait bien, Dubois, souvent il me faisait venir dans son bureau, pour rien, comme ça, pour le plaisir, je ne comprenais pas pourquoi. Lorsqu'il épousa Carmen Tessier, tout Paris les surnomma « Pédéraste et Médisante ». Je compris mieux tout à coup.

Il y avait aussi cet homme à l'allure de moineau qui s'était installé dans un bureau, très occupé toujours, passant sa vie au téléphone, jusqu'à ce qu'on se rende compte qu'il n'était pas de la maison.

Mais comme il était sympathique, je crois me souvenir qu'on avait fini par l'engager.

L'endroit était accueillant. Il y avait des canapés pour les conversations inutiles et c'est là que naissaient les plus belles idées. Tout Paris passait, même pour dire des bêtises, en ce temps-là on n'avait pas besoin de carte de crédit pour rentrer.

Je me souviens du vieux photographe Tabard, que les gens méprisaient un peu au studio *Marie-Claire*, c'est tout juste si on ne lui demandait pas de balayer les lieux. C'était un grand artiste dont les collectionneurs s'arrachent aujourd'hui les tirages. Il était humble et patient, il m'en apprit beaucoup.

Le reportage n'était pas mon point fort. Pour le mariage d'Hélène de France, à Dreux, aucun journaliste n'étant accepté dans l'enceinte de la cathédrale, Thérond avait décidé d'utiliser mon apparence juvénile en me déguisant en enfant de chœur, dans l'espoir de me faire pénétrer dans les lieux. Ils seront tous en blanc, répond le service de presse.

Aussi sec, il achète à prix d'or une aube blanche aux Petits Chanteurs à la croix de bois. Et me voilà parti à six heures du matin dans une TR3 conduite par Garofalo, le photographe au visage de fouine, bardé de Leica dont je sais à peine me servir, dissimulés sous ma chasuble immaculée.

Dans un froid de loup, j'attends trois heures, planqué derrière un arbre, près de Garofalo qui fume en tentant de m'apprendre les bases du métier. Je n'en mène pas large, moi qui, par nature, ai toujours peur d'être en trop dans la pièce.

Lorsque la procession arrive, il y a une centaine d'enfants de chœur, « tous en rouge ». Comme dans un dessin de Sempé, je suis le seul de ma couleur, pour une fois c'est le blanc qui fait ma différence. Garofalo me pousse en me disant : « Tu n'as qu'à prétendre que tu es l'assistant de l'évêque. »

Naturellement, je n'ai pas fait cent mètres. Le lendemain matin, j'étais à la une de tous les quotidiens entre deux gendarmes.

Brigitte Bardot, du temps où sa beauté insultait les épouses, et son mari Jacques Charrier partant pour l'armée, ma mission était simple, je me devais d'obtenir d'elle une photo en train de pleurer. Je ne la lâchai pas pendant deux mois, dormant dans ma voiture devant chez elle, avenue Paul-Doumer.

Un jour, par le plus grand des hasards, je la suivis dans la forêt de Louveciennes. Elle était seule, de dos. Un peu honteux, j'étais caché derrière un arbre avec mon appareil. Lorsqu'elle se retourna, elle était en larmes, je n'avais qu'à appuyer et j'étais le roi de la semaine. Croisant son regard, je bredouillai : « Excusez-moi ! » et je partis en courant. Bien trop timide pour ce genre d'exercice, mon avenir de baroudeur s'éloignait à grands pas.

Une fois ou deux, je croisai Henri avec sa

femme Jacqueline, elle était très gentille à mon égard.

Un après-midi de 1959 au café des Deux Magots, je le rencontrai avec Daniel, ce fut un moment étrange. Je ne l'avais pas revu depuis trois ans, depuis l'Alhambra. À sa façon de me regarder, je compris qu'il me connaissait. S'il savait qui j'étais, pourquoi ce silence ? J'osais à peine le regarder, je lisais bien chez lui une tendresse cachée, mais il ne savait quoi me dire, je sentais qu'il voulait mais qu'il ne pouvait pas.

Lui aussi portait donc le poids du secret. Après qu'il m'eut lancé quelques : « Ah ! sacré Jean-Marie, va... » suivis de son fameux rire, la frustration aidant nous nous sommes séparés.

J'ignorais que je ne le reverrais qu'en 1982.

Dieu merci, en 1959, Colette, la troisième femme de mon père, entra dans la famille. Pour la première fois, je le voyais heureux hors de scène. C'était comme si on avait ouvert les fenêtres dans la maison. Elle était belle, d'une jeunesse éternelle, drôle et tendre à la fois, ce n'était pas une belle-mère, je me découvrais une sœur.

Avec elle je pouvais enfin parler de tout. De tout, sauf d'Henri. Aussitôt la gêne s'installait, elle était mal à l'aise. Comme toujours au-dessus de cette histoire, l'étau de l'interdit.

Marie s'était évanouie dans la nature, Maman

était présente tout en étant très loin, Colette devint le pivot de la famille. Elle l'est toujours restée.

Mon père a vendu Neuilly, ils ont déménagé rue du Faubourg-Saint-Honoré, j'habite désormais dans la résidence d'Auteuil, un studio que m'a prêté Colette, ma nouvelle belle-mère. Je découvre avec surprise les joies de l'autonomie.

Il est tard, c'est le soir et je suis dans le métro. Au fond, il y a un homme qui dort et debout, appuyée à la barre centrale, une fille est de dos. Tous les sièges sont vides, pourquoi ne s'assoit-elle pas ?

Sous son caban bleu nuit, elle porte une jupe rose qui jure avec ses bottines de gourgandine. Sa main droite est haut placée sur le cylindre d'acier, elle semble s'y accrocher comme si sa vie en dépendait.

Des militaires entrent dans le wagon en hurlant. Ils entourent la fille en virevoltant à coups de grossièretés. Elle ne bouge pas durant deux stations. Heureusement, ils descendent, on entend leurs cris qui rebondissent sur la faïence du quai.

L'inconnue se met à glisser doucement, ses jambes la trahissent, et je vois que du sang coule sur ses mollets. Je vais vers elle pour la soutenir, son visage est charmant, malgré sa peine, elle me sourit.

Je marche maintenant dans un couloir en la soutenant tant bien que mal.

Arrivée aux marches, elle s'assoit et sort un papier de sa poche. « Il faudrait appeler ce numéro, de la part de Catherine », me dit-elle. Je vois, mal griffonné, un numéro de téléphone.

Je lui propose de l'emmener chez moi.

Le taxi râle, voyant qu'elle est malade, il ne veut pas qu'on salisse ses coussins.

Allongée sur mon lit, elle somnole. Je suis assis devant mon téléphone et j'attends. Lorsque j'avais douze ou treize ans, un jour j'avais appelé ma mère. Et pendant que je lui parlais, j'ai entendu le rire d'un homme. Avait-il l'écouteur ? Entendait-il ce que je disais ?

Sûrement pas. Néanmoins à cet âge, le cerveau s'emballe.

J'avais raccroché.

Depuis ce jour, l'acte de téléphoner fut toujours un problème, je frémis en pensant au nombre incalculable d'occasions ratées, de propositions perdues, de rendez-vous manqués, à cause de la phobie de ce maudit objet. La peur de déranger, que l'on pouffe dans la pièce, risquer d'être le gêneur, de faire l'appel de trop, d'être celui qu'on ne veut pas entendre. Même aujourd'hui j'hésite, je remets à plus tard.

Catherine est recroquevillée sur mon lit, elle pleure doucement. Prenant mon courage à deux mains, j'appelle le numéro, une dame répond. « C'est pour Catherine », dis-je d'une voix mal assurée.

— L'adresse ?

Sa voix est sèche, j'obtempère poliment.

Un moment plus tard, j'ouvre la porte à une dame dans la cinquantaine au visage revêche et dont la taille imposante remplit toute la pièce. Catherine ouvre un œil.

— De l'eau chaude ! me dit la dame sans m'adresser un regard.

Je remplis ma casserole dans la douche et la lui tend. Elle me regarde sans rien dire, je comprends que je suis de trop et vais m'asseoir sur les toilettes en refermant la porte.

Je n'ai aucune idée de ce qui se passe, je n'avais jamais vu de faiseuse d'anges de ma vie.

Un long moment se passe pendant lequel j'entends des gémissements. Puis la porte s'ouvre d'un seul coup et la femme entre, les mains pleines de sang.

— Ah ! vous pouvez être fier. C'est du propre ! me dit-elle d'un air mauvais.

Elle se tourne et se lave les mains. Je suis fasciné par ce liquide rouge et visqueux qui fait comme des arabesques sur la surface blanche du lavabo. C'est une curieuse impression pour un puceau d'être traité en père. Quant à la dénommée Catherine, je ne l'ai jamais revue.

Et puis, en 1960, vint le jour où je donnai vingt-huit mois de ma vie à l'armée française.

En y repensant bien, il me fut très utile, cet intermède militaire. J'ignorais tout des autres, des garçons de mon âge, des gens « normaux ». Habitué des privilèges, j'étais passé du cocon de Neuilly à celui de Daniel sans savoir qu'il existait sur terre d'autres gens qui n'avaient pas ma chance. Aussi fut-ce un choc très salutaire que de me retrouver noyé dans ce magma kaki, anonyme, complètement perdu, sans repères.

Dans ma chambrée de Montlhéry, je découvrais des odeurs inconnues, la banalité des propos, une bêtise ancestrale.

Le premier week-end, mon père vint me rendre visite. De me voir dans cet uniforme trop large, fait d'un mauvais tissu, le crâne rasé mais souriant quand même, il en avait les larmes aux yeux. Il ne savait que dire, il saluait de la main le moindre gradé qui passait, pensant que son nom, sa popularité pourraient peut-être m'aider. Pour leur faire plaisir, il leur aurait dit le monologue de *Bobosse*, là tout de suite dans la cour, il aurait même fait le poirier. Il ne se rendait pas compte que, dans cet univers, être exceptionnel était un handicap.

Il voulait m'aider, comme toujours, et constatait que pour la première fois, il ne pouvait rien pour moi.

Avant de partir, en m'embrassant, il sortit un gros paquet de son manteau qu'il me glissa en catimini dans les mains, comme s'il s'agissait d'un objet secret et providentiel qui pouvait me sauver la vie. Après quoi il s'en alla en s'essuyant les yeux.

Il s'agissait d'une boîte en fer contenant un kilo de caviar d'Iran.

En voulant me faire le plus beau cadeau possible, je ne suis pas sûr qu'il se soit bien rendu compte du casse-tête auquel il me confrontait.

Se taper du caviar dans une caserne est un problème épineux qui requiert des prodiges d'imagination.

Je finis par le manger avec deux inconnus dans les toilettes de la cour par une belle nuit sans lune. C'est un souvenir intense.

La situation offre des contrastes inconnus, le citron ne vous manque pas, l'odeur ambiante vous procurant la dose d'acidité requise.

Les huit mois suivants, je les passai au fort de Nogent. Situation privilégiée qui me permettait d'aller tous les week-ends à Paris.

Il y avait un type qui me toucha tout de suite, le seul de nous tous à ne pas être planqué.

C'était un paysan du Gers, dont la vie était gâchée par un problème physique somme toute assez bénin, il avait les mains qui tremblaient.

À cause de ce travers, il était la risée de la chambrée, et pendant les week-ends, alors que nous, les Parisiens, allions en permission en ville, il restait seul dans la caserne vide, sans jamais retourner dans son village, car même là-bas on se moquait de lui.

Il avait trouvé un moyen radical pour se sortir de tout, il ne disait qu'une seule phrase : « On n'est pas aidé ! »

Je ne l'ai rien entendu dire d'autre durant huit mois. Sentence assez ingénieuse en fin de compte, puisqu'on peut l'accoler à toute situation :

« À la soupe ! — On n'est pas aidé ! »

« Vivement la quille ! — On n'est pas aidé ! »

« Que penses-tu de la situation politique ? — On n'est pas aidé ! »

Au bout de quelques mois, je pris conscience qu'il n'avait jamais mis les pieds à Paris. Comme je lui proposais de l'emmener faire un tour, il répondit : « On n'est pas aidé ! » Je pris ça pour une acceptation.

Chez moi je lui passai un costume civil, et nous allâmes dans un hôtel de passe de la place de l'Étoile que je connaissais par mes pérégrinations nocturnes avec les types de *Match*.

Il n'avait, de toute évidence, jamais approché une femme, je lui offris donc les services d'une dame aussi légère qu'expérimentée.

Après une demi-heure passée à l'attendre au bar, je le vois arriver, le visage couperosé de celui qui a vécu un instant mémorable.

Il me lance un grand sourire et, surprise, pour la première fois je l'entends dire un mot différent. Il ose s'aventurer jusqu'à un « Merci ! » très inattendu. Lorsque je lui demande comment s'étaient passées les choses, le plus sérieusement du monde, il me répond : « On n'est pas aidé ! »

Je vivais ma première aventure sexuelle avec une jeune personne que nous appellerons Brigitte, une shampouineuse de chez Desfossé, le coiffeur à la mode. Nue sous une fine blouse blanche, son occupation première consistait à écraser ses seins contre ma joue en me lavant les cheveux. Je ne résistai pas longtemps à l'envie d'en voir plus.

Le dimanche soir, je tentais d'oublier le parfum de ses bras blancs en retrouvant l'odeur de fumée froide de ma triste chambrée.

Nous étions sous les ordres d'un capitaine qui nous terrorisait. Le peu d'imagination sommeillant dans un coin de son crâne, il le mettait au service d'une entreprise de martyrisation destinée à nous seuls.

Les yeux creux, le cheveu hirsute, sa bouche sans lèvres hurlait des ordres à jet continu, des glapissements guerriers tout à fait inutiles qui résonnaient sur les bâtiments d'un autre âge de la caserne dont les murs aux fenêtres aveugles étaient gris comme son teint et raides comme les plis de son pantalon.

Je ne peux pas décrire la joie qui envahit ses troupes lorsqu'on nous annonça qu'il prenait un mois de permission pour aller se marier.

Nous étions tellement heureux, nous lui aurions souhaité tout le bonheur du monde pourvu qu'il s'en aille.

Trois jours plus tard, il revint, aussi menaçant qu'effondré. Le soir de sa nuit de noces, sa femme s'était tuée en tombant par la fenêtre.

Sans doute un salutaire sursaut de lucidité qui évita une vie médiocre à cette malheureuse.

Dieu merci, mon ordre de départ pour l'Algérie me permit d'échapper aux frustrations de cet époux maudit.

Je connaissais au journal un Français d'Algérie, il s'appelait Jean-Pierre Reder, il était mon ami. « Va voir mon père à Oran, m'avait-il dit, il connaît du monde, il pourra t'aider. »

J'avais vingt et un ans, et d'un soldat je n'avais que le costume.

Je regardais Alger du pont du bateau qui me menait vers cette ville blanche alanguie sur l'eau grise et qui ne ressemblait en rien à la guerre qu'on nous avait promise. J'avais dans la main une lettre de Brigitte qui, après s'être autoproclamée fiancée officielle, m'annonçait qu'elle était enceinte et que mon avenir était tout tracé. Mon voyage lointain et sa soudaine fibre maternelle attisaient chez elle des envolées romanesques jusque-là méconnues.

Alger. La caserne où je passai trois jours était le centre d'aiguillage de toute l'armée française débarquant sur ce sol. Les affectations étaient arbitraires et nous nous regardions, assis dans la cour brûlante, cherchant à lire le futur dans le regard des autres. Chacun était certain qu'il allait revenir. L'incertitude qui nous attendait par-delà les murs créait une connivence, voire un respect envers le voisin.

Car comment deviner, parmi ces camarades d'un jour, ceux qui auraient de la chance et ceux qui allaient mourir ?

Un voisin de chambrée, dont le visage m'était familier, vint s'asseoir sur mon lit pour partager son spleen. Il avait l'air très abattu par des nouvelles de la métropole. Brigitte, sa fiancée, me dit-il, était enceinte, il se sentait piégé. La similitude de nos situations fit naître aussitôt une fraternité des plus chaleureuses, jusqu'au moment où, me montrant la photo de sa belle, je découvris avec stupeur que sa Brigitte et la mienne avaient le même visage. Au milieu de quatre mille hommes, le hasard nous avait réunis.

Nous nous mîmes tout à coup à observer les autres avec circonspection. Elle n'avait quand même pas fait le coup à toute la caserne ? Après deux ou trois explosions de colère agrémentées de quelques bières, devant son désarroi, je décidai de confier ce problème à ma mère. Car, dis-je à mon confrère, elle seule saura trouver les mots pour influencer le moral de cette soudaine pondeuse.

Je découvrais les avantages d'avoir une mère particulière. Effectivement, grâce à elle je ne fus pas père trop tôt, car, Dieu merci, elle s'occupa de tout.

Les bruits les plus menaçants couraient sur des affectations en plein désert. Je me voyais mal passer douze mois dans un trou de sable, avec pour compagnon un fusil démodé, en attendant des nuits entières une mort possible autant qu'imméritée.

Je sautai dans un camion qui passait la grande porte et allai jusqu'à Oran en faisant du stop, sans avoir idée de l'inconscience de mon geste. Un mètre après le mur d'enceinte, j'étais passé sans le savoir du côté des déserteurs.

M. Reder habitait une des plus belles maisons coloniales de la ville. Il me reçut très chaleureusement. Les amis de son fils étaient de sa famille. C'était un grand homme sec et élégant. Il me fit asseoir dans une immense cour fleurie au milieu de laquelle une fontaine offrait une fraîcheur bienvenue.

Après que je lui eus exposé mon problème, il appela le commandant du corps d'armée d'Oran, lui demandant de prendre mon cas en considération sur un ton convivial mais pressé. Il me donnait l'impression de parler à un fournisseur. Effectivement, l'autre me donna rendez-vous immédiatement.

— Alors, vous êtes le fils de l'acteur? me demanda le commandant. Donc vous connaissez le cinéma?

Je m'empressai d'acquiescer en lui faisant cadeau d'un mensonge effronté.

Une fois de plus la chance était de mon côté. L'adjudant responsable du service cinéma partait à la retraite. Ils avaient justement besoin de quelqu'un de compétent pour le remplacer.

Comme je lui faisais part de l'anormalité de ma situation, le commandant balaya le problème d'un geste magnanime. Il s'occuperait d'Alger, je n'avais pas à m'en faire. Et voilà comment, en deux heures de temps, j'étais passé de déserteur à responsable d'un service cinéma dont je ne connaissais rien.

À l'aube de sa retraite, l'adjudant se découvrait poète. Sentant tout de suite que je n'entendais rien à l'affaire, il passa la nuit à m'expliquer le fonctionnement d'une caméra Bell Howell.

Ce n'était pas si éloigné d'un appareil photo, au petit matin, j'étais l'homme de la situation.

Et Dieu sait si c'en était une. Je travaillais pour la télévision locale, j'avais le droit d'être en civil et d'habiter en ville. M. Reder me donna une chambre sous les toits de sa belle maison. Le matin, je prenais ma douche sur la terrasse en regardant le soleil se lever, l'avenir était à moi.

Les quatre premiers mois de ma vie oranaise furent un bonheur absolu.

Cette cité balnéaire avait des airs de Nice en plus généreux. Les larges avenues, le boulevard du front de mer, la casbah mystérieuse, des plages à l'infini, un paradis qui retenait les hommes, ces Français d'Algérie à l'accent si cordial.

Mon travail consistait à tourner des sujets les plus légers possible destinés au journal télévisé du soir. Le but étant de détourner l'attention des gens des vrais problèmes qui agitaient le pays.

Je n'en tire aucune fierté, mais tout valait mieux qu'être enterré dans les djebels.

Je filmais des sujets sur la mode avec des jeunes filles du coin.

Et la guerre était loin encore, on ne la voyait pas.

Je fis la connaissance de mon premier amour.

Elle s'appelait Fabienne. À trente ans, elle était veuve et mère de deux enfants.

Elle s'occupait d'un journal féminin local, elle était belle comme personne. Le coup de foudre fut réciproque et immédiat.

Elle habitait un appartement au-dessus duquel vivait un homme de soixante-cinq ans qui était fou d'elle. Pour moi c'était un vieux, si j'avais su…

Il était son protecteur, son confident, sa famille.

Elle ne voulait pas le peiner, aussi nous voyions-nous chez elle, dans sa maison du bord de mer. Je quittai celle de M. Reder et louai un studio en ville pour abriter cette idylle naissante.

Elle n'avait connu qu'un homme dans sa vie, j'étais le deuxième, mais j'avais surtout le privilège d'être sa première passion.

Je découvrais enfin un amour véritable ainsi que le bonheur des étreintes, c'était un éblouissement.

Je fis la connaissance d'Eddy Mitchell, qui était en tournée avec les Chaussettes noires. Il était très courtois, je n'avais jamais vu de rocker français. Sur la scène, ses gestes désarticulés, sa coiffure en banane me surprirent beaucoup. J'ignorais à quel point il ferait partie de mon avenir.

Tout à mon amour fou, je ne voyais pas qu'insidieusement la guerre se rapprochait.

Je m'en rendis compte le jour où, marchant sur le front de mer en plein midi, je constatai que la ville était vide. J'avais vaguement entendu parler d'une manifestation, sans y prêter plus d'attention.

La mer était belle, le soleil me souriait, il n'y avait nulle part la moindre violence. Juste le vide.

À cent mètres devant moi, je vois un ouvrier musulman qui sort d'un chantier, une bouteille à la main. Et d'un seul coup, sans bruit aucun, au fond du boulevard, une marée humaine jaillit d'une rue.

En l'espace de quelques secondes, l'endroit est noir de monde, mais on n'entend rien, c'est comme un film muet. Une foule qui court à perdre haleine, des visages menaçants. Et là je saisis le danger qui guette l'ouvrier qui s'approche. Je lui fais signe de s'enfuir, de se retourner.

Il me sourit sans comprendre. C'est un type gentil, il me trouve bien élevé. Je lui crie de partir.

Il m'indique sa bouteille qu'il voudrait remplir, je fais des gestes désespérés, mais il ne comprend pas.

Quelques secondes plus tard, la foule l'attrape et le jette par-dessus le front de mer. Tétanisé, je ne bouge plus, d'autant que ma tête de métèque réduit sérieusement ma marge de manœuvre. Je vois l'homme qui tombe, comme une poupée de chiffon, il se fracasse sur les rochers. Il ne fait pas de bruit, cet homme qui meurt. Il est discret, comme s'il ne voulait pas déranger.

La nuit, on commençait à entendre les plasticages. Au matin, certaines maisons dévoilaient leurs façades éventrées. Il y avait des morts par terre. C'est étrange comme on s'y habitue. Les gens vaquent à leurs occupations, enjambant les cadavres, c'est l'histoire d'un autre, on ne veut pas savoir.

Mes rendez-vous avec Fabienne devenaient de plus en plus compliqués. Nous devions chacun traverser la moitié de la ville, les barrages de police lui compliquaient les choses. Moi c'était différent, par ma situation de journaliste militaire, j'avais tous les laissez-passer.

Nos retrouvailles étaient exacerbées par l'atmosphère ambiante.

Plus les violences alentour se faisaient menaçantes, plus elles nous rapprochaient.

Puis les autorités déclarèrent le couvre-feu général à sept heures.

Nos rendez-vous étaient plus tôt et ils étaient surtout plus courts.

Des bruits de toutes sortes couraient dans les cafés. On avait retrouvé les corps carbonisés de trois Français dans leur voiture. La casbah était bouclée à double tour, la haine progressait, laminant les espoirs.

Bloqués dans leurs appartements, les gens s'adonnaient le soir aux concerts de casseroles. La ville entière se saisissait de tout ce qui lui tombait sous la main et cognait contre les volets pendant des heures entières.

Mes laissez-passer me permettaient d'errer dans les rues vides de cette ville en colère.

Une nuit, alors que toutes les casseroles de la cité s'en donnaient à cœur joie, j'avançais dans un vacarme assourdissant en tenant la valise de ma caméra. Quand, à une fenêtre, des gens se mirent à m'appeler en hurlant : « Docteur !... Docteur !... » Une femme était en train d'accoucher. De vie d'Oranais, on n'avait jamais vu un médecin s'enfuir aussi vite.

Les manifestations commençaient toujours de la même manière.

Des agitateurs, dont on savait qu'ils venaient de Paris, soudoyaient des enfants pour mettre en marche la panique. Des mômes de dix ans couraient le long des rues, entraient dans les magasins en criant :

— Si tu ne fermes pas, on te plastique !

Apeurés, les commerçants tiraient leurs rideaux de fer. Et comme ils étaient mille à faire de même, ils se retrouvaient inactifs dans la rue et presque automatiquement naissait une manifestation.

Je me souviens d'un jour, dans une avenue noire de monde, où la foule bloqua un autobus et en fit descendre tous les passagers.

Il y avait deux musulmans, un père et son fils. Des furies attrapèrent le père et le placèrent sous les roues avant. Ils obligèrent le chauffeur à avancer sur l'homme. La foule criait si fort que je n'entendis pas hurler le malheureux.

Quant au garçon, il était à trois mètres de moi, j'étais aussi impuissant et terrifié que lui. Ses yeux étaient grands ouverts, comme s'ils voulaient s'échapper de sa tête. Des hystériques hurlaient à la mort en le secouant, lorsque arriva un légionnaire immense. Impressionnés par son allure martiale, les gens reculèrent.

L'homme attrapa l'enfant, il le jeta par terre et mit un genou sur sa poitrine. Puis il sortit un énorme couteau.

Il y eut à ce moment des secondes d'une longueur inconcevable.

Cet homme était un soldat. Son métier était de tuer. Il avait, toute sa vie, côtoyé la mort, vu des camarades assassinés ou torturés de la façon la plus atroce. Si tant est que l'on puisse comprendre, il était peut-être le seul, à ce moment précis, à avoir des raisons évidentes de vouloir venger quelqu'un.

Mais de toute l'assistance, il était aussi le seul à être calme.

La violence étant son lot quotidien, il avait le recul nécessaire pour voir que la vie qu'il tenait entre ses mains était celle d'un enfant.

Je n'oublierai jamais l'instant qui suivit. Le légionnaire rangea son couteau et se releva sans quitter sa victime des yeux. Puis il se détourna, s'apprêtant à partir. Et à ce moment, le petit, comprenant que cet homme, ce fou de guerre, était le seul à le considérer pour ce qu'il était, s'accrocha désespérément à la jambe du soldat. Il sentait bien que cet étranger qui l'avait épargné était sa seule chance de salut.

Son seul espoir de vivre tenait à la lucidité d'un tueur.

Mais l'homme se dégagea et partit en fendant la foule. Dix secondes après, l'enfant était lynché.

La honte d'être impuissant devant cette mort stupide m'éloignait de mes petits problèmes. Mon père, ma mère, Henri, ils étaient tous bien loin.

Ma situation se dégrada sérieusement lorsque *Paris-Match* publia en double page une photo non signée, montrant un Français d'Algérie poignardant un Arabe en pleine rue.

Un ami des renseignements généraux me prévint que des gens de l'OAS se renseignaient sur moi. Qui était donc ce deuxième classe en civil qui faisait de la télé et dont le passé était lié à *Paris-Match* ?

Je n'avais rien à voir avec cette photo, mais comment le prouver ?

Mon ami me conjura d'en référer d'urgence aux autorités, j'étais sur la liste des gens menacés, il me fallait quitter le territoire au plus vite.

Mais je ne voulais pas l'entendre, pour moi partir d'Oran, c'était perdre Fabienne. Nos moments arrêtaient le temps, elle était le seul but de mes journées.

Je demandai néanmoins audience aux autorités pour les tenir au courant de ma situation.

L'aimable commandant, ami de M. Reder, avait été muté.

Je fus reçu par un colonel des plus froids. Deuxième classe, en civil, fils d'acteur, photographe maniant une caméra, j'avais tout pour lui déplaire.

— Je ne suis pas au courant de votre problème. Rompez !

Tous les jours des gens se faisaient tuer, ma situation devenait dangereuse, mais moi, j'avais Fabienne, rien d'autre ne comptait.

Après les plasticages, les manifestations, les lynchages, la ville était maintenant en état de guerre. Même avec mes laissez-passer, nos retrouvailles devenaient de plus en plus aléatoires.

Jusqu'au moment où je reçus l'ordre impératif de rejoindre la caserne le jour même. Des directives des renseignements généraux et de la préfecture insistaient pour m'évacuer du territoire. Dans la nuit, sans avoir rien pu faire, j'étais dans un bateau en partance pour la métropole.

Fabienne avait dû venir comme tous les jours. Mes affaires étaient là, elle n'avait pu comprendre. Elle a dû me croire mort, je ne pouvais la trahir puisqu'on s'aimait...

Nous étions en janvier 1962, j'avais fait vingt-quatre mois d'armée et je rentrais d'Algérie. C'est dire si j'étais décontracté lorsque je me présentai deux jours plus tard à la caserne de Horb, en Allemagne.

Il y avait un mètre de neige et l'endroit était lugubre.

Je n'étais pas au bout de la surprise que l'antipathique colonel m'avait réservée.

Horb était un camp disciplinaire destiné à des militaires de carrière qu'on avait éloignés d'Algérie pour connivence avec l'OAS. Et j'arrivais, frais comme une rose, précédé d'un dossier dans lequel il était expliqué en toutes lettres qu'on m'évacuait d'urgence à cause des menaces de mort qui pesaient sur ma petite personne, menaces justement proférées par ladite OAS.

J'étais le seul « appelé » au milieu de quatre mille soldats de métier, pour qui je représentais tout ce qu'ils haïssaient, à savoir un traître à leurs idées, un suppôt de De Gaulle, un ennemi politique, moi qui n'avais jamais voté.

Les quatre mois que je passai là furent les pires de ma vie.

J'eus droit à tout l'éventail des servitudes et Dieu sait si dans les cerveaux obtus des militaires se terrent des trésors d'imagination lorsqu'il s'agit de faire souffrir bêtement. C'est de l'addition des corvées que naissait le danger, on peut tuer légalement, quelle importance, ils ont droit à un quota de perte. Des tranchées creusées pour rien aux exercices inutiles, des nuits entières à marcher seul dans des forêts sans ciel, des rations avariées aux prisons sans fenêtre et j'en passe. Surtout la solitude, que des visages hostiles. La peur bleue. La vraie, bien plus qu'en Algérie. La pire des punitions était aussi la plus bête.

De cinq heures du matin à midi, je devais rester au garde-à-vous dans la neige en tenant un fusil d'une main à dix centimètres du sol, un caporal me surveillant derrière une fenêtre embuée.

Au bout de trois mois, j'étais maigre à faire peur et je ne dus mon salut qu'à un lieutenant médecin qui m'hospitalisa de force quatre fois de suite.

Il alla d'ailleurs voir mon père à Paris pour le mettre au courant.

Mon courrier était confisqué dans les deux sens, je n'avais aucune nouvelle et ne pouvais en donner.

Mon père alla voir Pierre Messmer, qui lui dit d'un ton catastrophé que lui, le ministre de la Guerre, n'était pas en mesure d'aider un appelé basé en Allemagne. Tous les officiers étant ennemis de De Gaulle, j'étais coincé.

Sans exagération, je ne pensais qu'à rester en vie.

Fabienne était très loin.

Et un jour de mai, je fus enfin libéré. J'en étais tellement étonné que je ne partis pas tout de suite. Je me louai une chambre dans une auberge dont les fenêtres donnaient sur cette maudite caserne, et je restai là un jour entier à regarder ce lieu stupide qui m'avait fait si peur.

De retour à Paris, par un beau jour de juin, alors que je traînais à la Belle Ferronnière, quartier général des photographes de *Match*, je tombai sur Daniel qui me proposa de « faire un petit journal pour les mômes. Je ne sais pas ce que ça te rapportera, mais on peut toujours essayer ». Je plongeai sur l'occasion telle Esther Williams dans sa piscine, sans même vérifier s'il y avait de l'eau dedans.

Bien m'en prit, six mois plus tard ce petit journal, à savoir *Salut les copains*, connaissait le succès que l'on sait.

Et Fabienne, je l'avoue, je l'avais un peu oubliée. Ma vie était autre et c'était de mon âge.

Un après-midi, alors que je marchais rue Pierre-Charron en direction des Champs-Élysées, je passai devant la porte d'un hôtel aujourd'hui disparu. Et là je l'aperçus, Fabienne, au bras de l'homme de l'étage du dessus, « le vieux », celui qui l'avait toujours protégée. Il y avait dans son visage quelque chose de changé, un voile sur le regard, elle n'était plus la même. Moi non plus sans doute.

Elle avait fait sa vie avec cet ami fidèle, c'était clair comme un avenir sans histoires.

Nos yeux se sont croisés pendant une seconde qui me sembla interminable. Puis elle regarda le sol. Pour elle j'étais mort depuis longtemps déjà. Alors je suis passé sans me retourner.

Après quoi, il y eut les merveilleuses années de *Salut les copains*. Avoir vingt-deux ans en 1962 et être à cet endroit-là avec ces gens-là était une chance unique. Daniel Filipacchi m'accordait une confiance absolue. Pendant douze ans, je n'eus aucune limite de moyens ou d'imagination. Jamais il ne me fit la moindre observation, me laissant une liberté totale, liberté que je ne retrouverais d'ailleurs jamais. J'habitais avec Jamie, Régis Pagniez et leurs deux filles, encore une famille. Régis était le directeur artistique des journaux de Daniel, il en était l'esprit et l'invention visuelle.

Régis est un des personnages les plus contradictoires que j'aie jamais rencontrés. Le plus tendre et le plus pervers qui soit. Son élégance l'a toujours poussé à dissimuler son incroyable culture sous un discours consciemment négatif à seule fin de n'avoir surtout « l'air de rien ».

Il entrait chez moi le matin en robe de chambre avec « ses mains cousues au bout de ses manches », comme disait Jean Demachy, puis, après m'avoir balancé qu'il y en avait de plus malheureux que nous, il me décochait quelques phrases assassines sur mes dernières photos pour me mettre le moral d'équerre. J'ai tout appris de lui à coups de jugements déprimants mais toujours fondés. Comme les rares personnes vraiment intelligentes que j'ai rencontrées, c'est un gentil qui n'aime pas le montrer.

Notre appartement était le centre de toutes les fêtes, c'était un peu comme à Neuilly, seulement maintenant c'était chez moi.

Johnny, Mick Jagger, Sylvie, Eddy, les Beatles, tout le monde se donnait rendez-vous dans cet atelier de la rue du Faubourg-Saint-Honoré. Le restaurant Annapurna nous envoyait des serveuses indiennes portant des plats somptueux, les musiques envahissaient mes pièces à longueur de journée, les drogues ne tuaient pas encore les enfants, je croyais que la vie serait toujours comme ça.

Jusqu'aux années 50, on passait de l'enfance à l'âge adulte. Cette frontière floue qu'on appelle l'adolescence n'existait pas encore.

En 1962, nous assistions à sa naissance. En France, à lui seul, Johnny Hallyday la représentait. Bien sûr, je pourrais évoquer son mariage avec cette chère petite Bulgare, Sylvie Vartan, qui était la plus belle, et pas seulement pour aller danser. Ils devinrent le couple mythique des années 60 françaises. Pour leur mariage, ils me firent l'amitié de me prendre pour témoin.

Je pourrais raconter mon attachement à Claude François, les nuits entières passées à écouter sa colère d'émigré égyptien, ses rêves d'égaler un jour Sinatra. Eddy Mitchell, sa déception de l'Ouest américain et tous les cinémas qu'il avait dans la tête. Mais là n'est pas mon propos. Ces gens que j'aimais tous de façon différente faisaient de la musique et je n'en faisais pas.

C'est de cela qu'il s'agit.

Jacques Wolfsohn, le directeur artistique de chez Vogue, restera le seul découvreur de talents de la décennie. Autrement dit, le seul à avoir eu de l'imagination. Johnny, Françoise, Dutronc, c'est lui.

Drôle d'homme, Wolfsohn. Avec les chanteurs, il se donnait l'apparence d'un financier inflexible, avec les hommes d'affaires, il mettait les pieds sur la table comme l'artiste qu'il était en réalité.

Il passa sa vie à arborer un cynisme bien trop ostensible pour cacher une générosité qu'il voulait qu'on ignore. Grâce à lui, je vécus la plus belle des histoires avec une merveille de personne, elle s'appelait Françoise Hardy. Comme ma mère, elle aimait à chanter dans les salles de bains, elle aussi rêvait d'amour, mais pas de la même façon.

Lorsque je la rencontrai, chez elle rue d'Aumale, c'est sa mère qui ouvrit la porte. Derrière il y avait cette apparition qui ne me quitta plus. C'était une longue chose, avec un air de pas fini.

Au bout de bras interminables, des mains fines, indolentes, caressaient l'air comme à regret, presque en s'en excusant. Elle souriait peu et parlait encore moins.

Un trop grand pull en V tombait sur ses épaules, la jupe était bien droite, les chaussures à talons bas, un peu usées.

Dans le coin de sa chambre où l'on me fit asseoir, je pus toucher des yeux l'écart de nos enfances, elle venait comme mon père d'un milieu sans histoires, d'un humble destin qui préfère le silence, avec peu de moyens mais beaucoup de tenue, jamais dans la misère mais parfois dans la gêne.

Elle était étonnée, sa mère, d'avoir une fille qui prenait la parole, qui osait dire tout haut ce qu'elle-même avait oublié.

Les histoires d'amour tristes, elle les connaissait bien pourtant, et voilà que sa fille se prenait à les chanter.

C'est un curieux sentiment d'être aimé d'une femme que les autres adulent, elle n'est pas toute à vous, être jaloux d'une foule, c'est un peu compliqué. Et ce métier de photographe, qui jusqu'alors ne me passionnait pas, je pouvais m'en servir pour écarter les fans. En créant une image qui venait de moi seul, enfin je le pensais, dans laquelle je tentais, grâce à son allure de sphinx, de pousser au plus loin l'écart entre le rêve et la réalité.

Plus les gens s'attachaient à cette vision factice, sorte d'icône distante qui les laissait sans voix, plus j'avais l'impression qu'elle m'appartenait. Et au lieu de m'occuper d'elle, qui était une jeune fille, qui voulait des câlins, des promenades à deux, des mains plus attentives, des moments d'amoureux, je m'obstinais à la rêver, alors que j'aurais dû savoir qu'on n'invente personne

Je croyais devancer, je ne faisais que suivre

Que je fusse là ou pas, elle aurait existé

Petit con prétentieux

Dans les tournées d'été, nous traversions la France, des nuées d'adolescents bronzés écrasaient leurs visages contre les vitres de la voiture, pour saisir un instant le regard de cette beauté pâle qui les représentait si bien, en étant si loin d'eux.

Des palaces de Marseille à l'hôtel Amigo, Juan-les-Pins était neuve, il n'y avait pas de frites. Pour échapper aux dîners sans fin, aux questions, aux sourires, aux flashes des photographes, aux discours officiels, on se faisait servir des soupers dans la suite, alors qu'un déjeuner sur l'herbe lui aurait suffi. Johnny, Eddy, Cloclo, j'allais des uns aux autres, à toute allure sur des routes la nuit, dormant dans les avions, changeant chaque jour de ville, et pendant ce temps-là, Françoise attendait que nos chemins se croisent.

Nos coups de fil duraient des heures, entre Bruxelles et Nice, nous nous souhaitions la meilleure nuit possible et chacun se retrouvait seul dans une chambre inconnue. Alors elle composait, assise sur une valise, d'autres mélodies tristes qui l'emmenaient plus loin.

Dommage que la vie ne puisse être une répétition générale, qu'on revivrait ensuite comme une pièce bien rodée. J'avais à ma main la plus belle chose du monde et, au lieu de la vivre, je la rêvais.

Lorsque le hasard sépara nos chemins, elle rencontra le seul qui valait vraiment la peine. Il avait le culot, à l'époque où les chanteurs vouaient un culte aveugle à l'américanisation forcenée, de s'appeler Jacques Dutronc.

En me le présentant, elle ignorait le cadeau qu'elle m'offrait.

À ce moment, hélas, un drame épouvantable terrassait ma famille.

Mon frère Jean-Pierre venait de se suicider. Le contraste de nos destinées nous avait éloignés. Il était le portrait de mon père, mais c'était moi le préféré.

Où sont donc passés nos souvenirs d'enfance ? Le jardin de Neuilly, les vacances en Suisse, où sont passés nos jeux, nos disputes, nos secrets ? Il ne me reste de lui qu'une image floue, un enfant un peu gauche avec un sourire triste, en culotte courte près d'un bac à sable, dans une voiture à pédales, et c'est tout.

Ma tête était dans la musique, mais où était la sienne ? J'avais une chance insultante pendant qu'il se débattait pour s'inventer un destin.

Bien que seulement trois ans nous séparassent, j'avais une vie d'adulte alors qu'il était toujours en classe. Si notre enfance ne nous rapprocha pas, notre adolescence nous éloigna à jamais. Dans les années 60, les événements me dépassaient, m'entraînant vers le haut. J'étais apte au bonheur alors que son mal-être emporté par la drogue le poussait à descendre vers des régions dont on ne revient pas.

Que pouvais-je pour lui ?

Le lendemain de sa mort, il y avait des messages sur mon répondeur, je ne saurai jamais de qui, je les ai effacés sans les écouter, j'avais trop peur que ce ne soit lui.

Jean-Pierre était le plus intelligent de la famille.

L'intelligence ne servant peut-être qu'à forger des armes contre soi-même, il en est mort. Il avait vingt-trois ans, il les a encore.

Je n'oserai jamais essayer d'imaginer ce qui dut se passer dans le cœur de ma mère. C'est un gouffre dont je ne veux même pas m'approcher, ne serait-ce qu'en pensée. J'étais moins proche d'elle que je ne l'étais de mon père, et je ne l'ai sûrement pas assez accompagnée.

Lui, en revanche, ce jour-là, de mes yeux, j'ai vu sa vie finir.

Il ne sera plus jamais le même, mais là c'est son histoire, je ne me sens pas le droit d'en parler.

C'est un peu présomptueux de raconter sa vie. Pour en dire toute la vérité, il faudrait autant de temps pour la revivre que pour la rédiger.

Pourquoi choisir d'évoquer un moment plutôt qu'un autre, est-ce à vous que je mens ou est-ce à moi-même ?

Je me rends bien compte que ce que j'écris est hachuré, synthétique. Ce sont comme des errances à travers des souvenirs. Aujourd'hui je les vis comme ça, qu'en sera-t-il demain ?

C'est un peu comme les dunes quand le vent fait s'envoler le sable, sans cesse elles changent de forme, mais elles sont toujours là, les dunes, comme ma vie dont je me souviens mal. Je n'ai pas de mémoire, je n'ai que des trous de mémoire.

Pendant ce temps-là, Henri chantait toujours. Le twist, le rock, ça n'était pas son univers, la situation que j'y avais ne nous rapprochait pas. Plus tard il me dira que mon amitié affichée pour Johnny l'avait froissé. Sa musique à lui était douce et sensible, elle était le contraire des cris libérateurs qui émanaient de la jeunesse du monde. Il ne pouvait pas comprendre qu'avoir le privilège d'être proche de ce garçon unique qui emballait l'époque était une chance, même si c'était au prix d'un vacarme qui lui était étranger.

En le croisant à Cannes en train de jouer aux boules, je me serais bien gardé de lui dire que je rejoignais les Rolling Stones dans un château qu'ils avaient loué sur la Côte d'Azur.

J'arrivai vers deux heures, tout le monde dormait. Les volets étaient fermés en permanence, qu'importait le lieu ou la saison, pour eux c'était la nuit tout le temps.

Je traîne un moment dans d'immenses salons

au charme désuet, encombrés d'instruments de musique et de reliefs d'une fête passée.

J'erre de pièce en pièce, lorsque j'entends une voix. Je glisse un œil dans une verrière et là je vois une femme enceinte que je ne connais pas. L'épouse d'un roadie, l'amie d'un musicien ?

Elle est assise près d'une fenêtre et, de son poing fermé, elle se frappe le ventre avec une incroyable violence en murmurant :

« Get out, get out !... » Son bébé de huit mois n'était rien d'autre qu'un frein pour ses envies de fêtes. Il l'empêchait de danser, de séduire, il fallait qu'il sorte.

De tous les Anglo-Saxons que j'ai connus dans les années 60, Mick Jagger est sûrement le plus étonnant. Il était l'illustration exacte de la phrase d'Édith Piaf sur les défauts devenant des qualités. Comme les Beatles, il était un petit Blanc d'Angleterre qui n'avait pas eu d'autre choix que de porter ses rêves le plus loin possible de son univers, c'est-à-dire vers les Noirs américains.

Il essayait de bouger comme eux, avec une maladresse tellement assurée qu'elle devint un genre que même les jeunes Noirs voulurent imiter. Dans les traits de son visage, tout était « trop ». Lorsqu'il arriva, il était à la limite du monstrueux et pourtant il devint le plus beau de sa génération. J'aimais son intelligence et son recul.

Après avoir, à lui seul, pendant deux heures,

représenté sur une scène l'agressivité de la jeunesse mondiale, il était capable en cinq secondes de redevenir tout à fait normal, Anglais, bien élevé, se levant à l'arrivée d'une dame, en contrôle absolu. Tandis que les autres membres des groupes de rock que j'ai croisés cherchaient, à l'aide de toutes les drogues possibles, à retrouver dans leur vie la même intensité que pendant les concerts. Quand je l'ai rencontré, Mick devait avoir dix-neuf ans, déjà il n'était pas dupe.

Un jour que j'habitais chez lui à Londres, il vint dans ma chambre à une heure du matin. « Viens, je vais te montrer un type étrange », me dit-il en ressortant.

Mick et moi nous traversons quelques rues et la porte d'une maison s'ouvre sur une sono d'enfer crachant un rock dantesque à trucider des tympans normalement constitués.

C'est une drôle de ville, Londres. J'avais pourtant toutes les raisons de m'y sentir très bien. Quand Françoise y chantait, nous vivions au Savoy. Les Beatles m'emmenaient dans des boîtes dont ils faisaient la mode, les studios d'Abbey Road n'avaient pas de secrets pour moi, Marianne Faithfull me faisait découvrir les meilleurs restaurants. Néanmoins, je n'ai jamais pu m'empêcher d'avoir le sentiment d'être dans un club dont je n'avais pas la carte. On vous aime bien, vous le

Français, mais il faut vous pousser, ne restez donc pas là…

David Bowie nous accueille, je ne le connaissais pas. Il est en slip, chaussé de talons hauts, sur les épaules il a une sorte de nuisette et il tient un nourrisson dans les bras.

Je ne me souviens que des yeux de ce dernier. Ils me donnaient le sentiment de supplier qu'on arrête ce grabuge, tant pis pour la modernité, qu'on lui fasse juste une petite vie de bébé.

Allez savoir. Peut-être aujourd'hui est-il le prince d'Internet, ou bien il a son groupe, à moins qu'il ne soit perdu… Une chose est certaine, c'est que son existence, il n'aura pas eu d'autre choix que de l'inventer.

Dieu merci, il n'y a pas de règles. Quand je retrouve par hasard un copain de l'école, un fils de Neuilly à l'enfance calibrée, avec des parents morts d'ennui mais toujours ensemble, avec des horaires de coucous helvétiques, des vacances en Bretagne, des messes le dimanche, le tout équilibré par le jugement d'autrui, j'ai l'impression de voir un vieux, un raisonnable, une victime, qui vit ses souvenirs comme autant de regrets.

Certains osent même évoquer le bon temps des études.

Alors que je n'ai jamais compris pourquoi on m'envoyait en classe. De quel droit, d'abord, ce type derrière son bureau se permettait-il de me donner des ordres ? Il faut vraiment avoir raté sa vie pour regretter l'école.

Ceux-là avaient des mères aussi respectées que respectables, ennuyeuses à périr, avec des grands principes et des idées toutes faites, plantées sur leur quant-à-soi de bourgeoises bien raides, sûres de leur bon droit, sans discussion possible.

Alors je regardais la mienne. L'aimer n'était pas simple, mais j'étais si fier d'elle qui n'avait rien à voir avec les règles étriquées des usages de son temps.

Elle était une insulte aux coutumes établies, autour d'elle les barrières valsaient, l'imagination était reine, elle avait la beauté de ceux qui ne ressemblent à personne.

J'ai passé ma vie à m'éloigner de ma mère parce que je lui ressemblais trop. Comme elle, j'aimerais mieux mourir pour un moment parfait que vivre dans le confort des amours possibles. Crever de désespoir plutôt que se languir dans l'ennui d'un bonheur raisonnable. Du noir ou du blanc, pas de gris.

Comment voulez-vous que j'élève des enfants avec des raisonnements pareils ? Suivre mon chemin serait pour eux une catastrophe. Je suis d'un autre siècle. Je préfère un intelligent qui se trompe à un malin qui a raison. C'est la négation même des valeurs actuelles. S'ils veulent s'en sortir, c'est bien simple, il faut que mes enfants étudient ma vie et qu'ils fassent le contraire.

Je suis l'exemple exact de ce qu'il ne faut pas faire.

Mai 68 explose, les enfants des Rolling Stones cassent tout, pleins d'espoir et de gaieté jusqu'à ce que les politiques s'en mêlent.

Dès que les adultes prennent le pas, ça se gâte assez vite.

Je sortais de chez Castel, appuyé contre un mur. Je les regardais passer, sans m'en mêler bien sûr, avec mon Iso Rivolta garée à cent mètres je ne me sentais pas dans le ton.

À la Sorbonne, où je pénétrais pour la première fois de mon existence, il y avait cet énorme graffiti sur un mur : « Si je suis entré ici, c'est par la force des baïonnettes, et je n'en ressortirai que lorsqu'on m'aura rendu mon imperméable. » Un poète, le type, et assidu aussi, c'était bien écrit en grand, ça avait dû lui prendre une matinée entière.

À l'Odéon, aux réunions d'acteurs, j'avais vu Roland Lesaffre, le protégé de Marcel Carné, dont le talent ne se haussait pas à la hauteur de ses espoirs, criant dans un tumulte infernal : « Et moi, pourquoi je n'ai pas de premiers rôles ?... »

On avait demandé à mon père de venir parler. Je me souviens du silence respectueux à son arrivée, les jeunes comédiens calmaient leur colère pour accueillir celui qui était le Diable et aussi le Bon Dieu.

Ils rêvaient tous d'être un jour l'acteur de Sartre.

En chemin pour l'Italie, je passai voir Simone Signoret à Saint-Paul-de-Vence. Elle était coincée au festival de Cannes et m'engueula copieusement d'avoir osé quitter Paris et ses barricades. Je n'avais pas son sens de l'Histoire, je n'étais qu'un petit-bourgeois qui roulait vers des ciels moins chargés.

À Rome, l'Hôtel de la Ville était bourré à craquer de Français saisis d'une envie subite de prendre des vacances hors de leur cher pays.

Je tombe sur le scénariste Gérard Brach, lui aussi cherchait un endroit où dormir. Je savais que Brigitte Bardot louait une maison dans les environs. Je l'appelle, elle nous invite aussitôt.

Gunther Sachs, son mari de l'époque, était en voyage et elle s'ennuyait seule dans cette demeure magnifique. C'est ainsi que je vécus les dix jours les plus charmants de Mai 68, faits de dîners somptueux qu'elle préparait à la lueur des bougies. Elle aussi me rappelait ma mère, elle mettait le couvert, pieds nus, en chantant.

Ce temps-là était celui des aventures, bien que ça n'ait jamais été vraiment mon type de sport, j'ai toujours eu trop peur du moment fatidique où, me réveillant dans des bras inconnus, je me demande avec effroi ce que je fais là.

Néanmoins, quelle belle idée, la libération sexuelle, les attirances passagères n'étaient pas empreintes des dangers d'aujourd'hui, séduire n'était pas mortel. Un médecin de génie avait inventé la pilule, on aurait dû le canoniser, cet homme.

Il y avait « Chou-Chou Kiss », une jeune personne assez jolie dont nous nous partagions la compagnie avec Jean-Pierre Rassam. Sa qualité première n'était pas l'intelligence, mais quelle franchise, quelle candeur, nous ne pouvions nous en passer. Je l'avais emmenée à la première de *Mort à Venise*, elle s'était endormie au bout de trois minutes. Devant tant de naturel, j'étais à genoux d'admiration.

J'avais également trouvé deux Danoises somptueuses d'un mètre quatre-vingts que j'appelais « les Fusées ».

Il me suffisait de leur dire : « Allez-y », et elles se mettaient à danser illico en chantonnant les Bee Gees, comme ça je pouvais m'asseoir à la terrasse avec un pote, on était bien. Elles étaient toujours contentes.

Des perles.

Aujourd'hui, ce sont sûrement des vieilles dames.

Peut-être versent-elles une larme en pensant à ce photographe, somme toute assez gai, qui les emmenait sur les tournages de Delon et Belmondo.

C'est agréable de penser qu'on est peut-être un bon souvenir pour quelqu'un.

Bien sûr, je fais le fier, mais quand même, quel bonheur parfois d'être léger. On a les élégances qu'on peut.

Heureusement, surtout, il y avait Dutronc.

J'étais fou de ce ludion à l'excentricité mélancolique. Il était comme un frère, il l'est resté. Ils sont encore aujourd'hui, avec Françoise et leur fils Thomas, le prolongement de ma famille. Décidément sur ce terrain, la vie ne cesse de me combler.

Jacques était comme un chat, impossible à prévoir, sa perception des choses était particulière, il n'était comme personne et tout le monde voulait être lui.

Son obsession du luxe contrastait étrangement avec une frilosité chauvine. Le faire sortir du pays tenait de l'impossible, dehors c'est l'ennemi.

Sous le prétexte fallacieux de faire des photographies, j'avais réussi à l'emmener au Mexique et en Inde.

La vraie raison de ces voyages était que je cherchais à me rapprocher de lui. Au début de sa liaison avec Françoise, je suppose qu'il s'était demandé ce que cet « ex » lui voulait, en effet je ne le quittais pas.

Il ne pouvait pas savoir que je n'imaginais pas ne pas aimer celui qu'elle aimait. Mais ce dont je n'avais aucune idée, c'est qu'il deviendrait à ce point mon préféré. Je reconnais qu'à un moment ça tournait même à l'obsession.

Sur les scènes de France, il jonglait entre la joie et la tristesse en fascinant les salles avec son insolence, se mettant en danger, pour rien, pour le plaisir. Et pendant que les gens riaient, je ne sais pas pourquoi j'étais ému aux larmes.

Dans *Roma* de Fellini, il y avait cette scène magnifique où des ouvriers du métro, creusant des tunnels sous Rome, découvraient des fresques antiques qui, au contact de l'air, s'évaporaient sous leurs yeux.

Mes souvenirs avec Jacques sont ainsi, j'ai toujours l'impression que, si je les raconte, ils vont s'abîmer, se diluer, disparaître.

Ils sont indéfinissables, il vaut mieux qu'ils le restent.

C'est une drôle de personne. Aujourd'hui encore, même lorsqu'on ne fait rien, qu'aucun mot ne se dit, je n'ai jamais, avec lui, l'impression de moments inutiles.

Un soir, en 68, dans la boîte de nuit de François Patrice, je vois entrer un jeune homme à l'allure féline, décontracté, avec un sourire d'ange. « Comme il est sympathique ce type, et en plus c'est mon frère... »

C'était bien Marc Porel, le fils de ma mère, que j'avais très peu connu.

Je l'invitai à boire un verre et décidai aussitôt d'écrire un film pour lui. À cause du succès du livre de Papillon, le célèbre bagnard, Jacques Lanzmann, qui dirigeait *Lui magazine*, avait reçu une commande d'Antenne 2 pour faire une émission sur les rescapés de Cayenne. Comme il me proposait de la filmer, je lui dis : « Prenons l'argent et racontons une histoire. »

Et c'est ainsi qu'on se retrouva quelques mois plus tard à tourner avec mon frère *Tumuc Humac*, titre un peu rébarbatif pour augurer d'un succès. C'était un film à petit budget, tourné avec une caméra 16 millimètres. La Columbia s'était associée à ce projet à cause du succès planétaire d'*Easy Rider*, le film de Dennis Hopper avec Peter Fonda. La nouveauté consistant, pour la plupart des gens de cinéma, à répéter le dernier triomphe, un *road movie* tourné en « 16 gonflé » bénéficiait de leur attention la plus chaleureuse.

Tous les espoirs étant permis avant la sortie, la Columbia m'invita royalement à Los Angeles afin de me dorloter au cas où ma petite œuvre deviendrait majeure. À la descente de l'avion, une impressionnante limousine m'attendait ainsi qu'un jeune assistant de la production un peu timide mais très courtois. Il s'appelait Peter Guber. J'eus droit à la visite des studios et à une suite au Château Marmont dont la taille approchait celle de la plaine Saint-Denis.

Un soir, Peter Guber me téléphone pour m'inviter à dîner avec sa femme, mais, me dit-il, comme il craignait que je ne m'ennuie, il avait invité un metteur en scène français pour me distraire.

Je ne peux vous décrire la tête d'Henri Verneuil lorsqu'il me vit arriver. Lui qui était sûrement là pour leur soutirer un imposant paquet de dollars dans le but de leur faire un vrai film, il dut la trouver longue, cette soirée dans laquelle sa présence avait pour fonction de distraire le photographe de *Salut les copains*.

J'ai revu Peter Guber chez Quincy Jones, il y a quelques années. Il est maintenant un des cinq producteurs les plus importants d'Hollywood et compte à son actif d'énormes succès. Lorsque Quincy me le présenta, il me dit aussitôt : *Tumuc Humac*. Je ne l'avais pas revu depuis vingt ans, je fus sidéré par tant d'acuité.

Mon obsession en 1969 était de faire de Dutronc un acteur de cinéma.

Les gens de ce métier manquant cruellement d'imagination, je n'arrivai à le tourner qu'en 1973. L'étrangeté de ce film vient du choix du sujet.

Jacques y interprétait « le fils adoptif de mon père ».

Je vous jure qu'en écrivant le scénario et pendant le tournage l'idée ne m'avait même pas effleuré qu'il s'agissait d'une transposition de mon histoire.

Je n'ai pris conscience de ce que j'avais fait

avec *Antoine et Sébastien* que beaucoup plus tard, pendant le montage.

Mon père, lui, l'avait sûrement compris en lisant le texte. Sans rien me dire, il s'est plié à l'exercice insensé de se mettre, lui le grand comédien, à la disposition du cinéaste débutant que j'étais, afin de m'aider à raconter une histoire qu'il ne voulait surtout pas entendre.

Peut-être était-ce une façon d'excuser ses silences, tous ces non-dits pesants dont il avait les clés. Après avoir érigé en règle l'interdit d'évoquer ce secret, voilà que, sans rien dire, il me laissait en parler.

C'est certainement le plus beau cadeau qu'il pouvait me faire.

Comme beaucoup de gens de son âge, mon petit frère Marc Porel était lui aussi victime de la drogue. Il était beau, il avait toutes les chances. Comédien, il tournait avec les plus grands. Après un an d'absence en Italie, où il avait connu quelques problèmes, je le retrouvai à Paris plutôt en bonne santé. Nous évoquions le film que nous avions tourné dans la jungle amazonienne, nos semaines en pirogue en descendant le Maroni, les soirées chez les Indiens, nos nuits dans les geôles de l'île du Diable.

Et ce vieux bagnard rencontré sur le parvis d'une église à qui j'avais proposé de tourner. Il avait été fou de joie, il adorait le cinématographe, selon son expression. Voulant lui donner rendez-vous pour le lendemain matin, il m'avait dit qu'à son grand regret ce n'était pas possible, il serait sur la route.

Le barman qui me renseignait là-bas m'expliqua : cet homme avait passé trente-cinq ans dans une cellule d'un mètre sur deux. Crime passionnel, c'était toujours la même réponse que donnaient ces vieillards couverts de tatouages.

En 1945, de Gaulle avait aboli le bagne, et du jour où on l'avait libéré, Biquette, c'était son nom, n'avait plus cessé de marcher à longueur de journée entre Cayenne et Saint-Laurent, rendant visite ici ou là dans la jungle à ses anciens camarades chasseurs de papillons.

Si je voulais le voir demain, il fallait faire des kilomètres, parce qu'il marchait vite, le vieux, pour repousser ces murs imaginaires qui ne cessaient de le hanter.

Il y avait aussi cet ancien prisonnier au regard cacochyme qui occupait son temps en ratissant les allées du cimetière d'un village de lépreux.

Sa cabane était recouverte de photos de Paris et il nous brandissait un billet d'avion froissé qu'il gardait pour emmener sa « fiancée », une hôtesse de l'air dont il était amoureux. Bien sûr, la mère supérieure de la léproserie nous avait avoué que cette femme n'avait jamais existé.

Il l'avait inventée entre quatre murs lorsqu'il avait vingt ans.

On ne quitte pas si aisément l'amour de sa vie, surtout s'il est imaginaire. Et Marc riait en évoquant Dani, sa partenaire du film, lorsqu'elle était tombée en syncope après avoir bu du cachiri, un mélange hallucinogène mâché pendant des nuits par de vieilles Indiennes.

Marc avait l'air sorti d'affaire, la drogue était derrière, il me jurait qu'il n'y toucherait plus. J'étais heureux pour lui.

Mais j'avais vu tellement d'amis musiciens mourir de cette horreur, je connaissais toutes leurs ficelles, leurs promesses, leurs mensonges inconscients.

Moi aussi, avec mon ami Bob Elia je fumais à en perdre la tête, sur les routes américaines en tournée avec les Stones, mais c'était pour la fête, jamais seul le matin. Ça me rendait stupide, mais ça ne me tuait pas.

Je me souviens d'une série de photos exécutées sous l'influence du hachisch. Convaincu d'avoir approché de près les hautes cimes du génie, les résultats de cette séance pathétique me ramenèrent sur terre. J'avais photographié mes pieds dans tous les sens pendant quatre heures. J'oubliai définitivement toute inspiration due au moindre expédient.

Comme je demandais à mon frère si je pouvais l'aider, craignant une rechute, je tentais d'éviter de lui donner de l'argent liquide.

Il me dit qu'il rêvait de posséder une voiture. Je lui achetai donc une Méhari.

Quelque temps plus tard, on le retrouva mort avec une aiguille dans le bras dans le désert marocain au volant de cette maudite bagnole. Pourquoi avait-il choisi de finir sa vie en plein désert saharien ?

Était-ce à cause du nom de l'auto, à cause de Méhari ?

La vie s'acharnait sur ma petite mère, deux fils au ciel et ses yeux pour pleurer.

Moi au moins, j'avais Dutronc pour remplacer mes frères.

En 1974, je me mariai enfin. J'en avais toujours rêvé. Nathalie avait tout pour plaire, elle était belle, intelligente, drôle, entourée de mystère.

C'est tellement rare de rencontrer quelqu'un dont les défauts me plaisent.

Alors que je ne suis pas enclin à fréquenter les boîtes, je l'avais croisée chez Castel, c'était, il faut dire, un lieu à part.

Je dînais avec Barrois, mon beau-frère. Elle est entrée dans la pièce, je ne la connaissais pas. J'ai dit à mon ami : « Tu vois, elle, c'est ma femme et elle ne le sait pas. » Trois mois plus tard, nous étions mariés.

Un soir, entre-temps, elle m'avait donné rendez-vous dans ce même endroit. Lorsque je suis arrivé, elle dansait avec son père, Paul Chantrel.

J'aurais dû me méfier. C'est dur à remplacer un père, j'en savais quelque chose.

On s'est mariés à Los Angeles entre deux témoins inconnus au son d'un harmonium qui couinait *Love Story*. Puis à l'église au Mexique.

On n'était pas croyants, mais pour vraiment s'unir, il n'y a rien de mieux que les traditions. Toutes ces femmes en robe blanche, une bougie à la main et leurs larmes sincères, ça stimule les serments.

À Paris, mon fils Paul était né, j'étais en plein bonheur. Comment un être aussi petit pouvait-il à ce point remplir toutes les cases ?

Je n'arrivais pas à le quitter des yeux.

Pour la première fois, j'avais l'impression d'être un homme, c'est-à-dire quelqu'un qui ne partage sa vie qu'avec une seule femme.

Raté.

Pourtant j'ai vraiment essayé, moi, d'être un homme, plusieurs fois même. C'était toujours pour toujours, ça je le jure.

Seulement l'amour, c'est un peu vague comme terme. Faudrait définir. Au début c'est la fièvre, mais peut-on avoir quarante et un dixième toute sa vie ?

C'est après qu'il arrive, l'amour, le vrai, celui sur la durée, celui qu'on n'apprend pas en classe, qu'on ne voit pas au cinéma, celui qui se mérite, qu'on acquiert tous les jours. C'est peut-être ça l'amour, un truc inventé pour faire mal.

Pourquoi changer de femme, puisqu'on revit la même histoire ?

Même si on l'a déjà laissée, la trace du front dans le mur, on la voit revenir, et on y va quand même. Et puis il y a le sexe, le joli champ de bataille. Adam et Ève, au fond, aucun mérite, ils n'avaient qu'eux comme tentation, ce n'était pas difficile, ils n'avaient pas le choix.

Tandis que nous, il y a les autres, celles qui vous sourient en passant. On voudrait être fidèle, mais d'un regard, on trompe ou bien on est trompé.

Ma petite mère se cache partout dans les regards des filles.

Elle en a, des visages.

Les femmes de ma vie ont toujours eu des scrupules avant d'aller faire un tour ailleurs, elles devaient m'aimer bien, au fond. Je suis attachant comme type, et conciliant, je sais toujours partir avant que ça fasse trop mal, avant que ça devienne moche, comme ces couples qui se déchirent, qui s'en veulent tellement de se trahir qu'ils finissent par oublier qu'ils se sont adorés. Je n'ai jamais su ce que c'est que « désaimer », parfois pourtant, ce serait plus simple.

Il est un peu con, Dieu, finalement, faudrait faire le contraire.

Surtout pour les passions. Ou même pour tout le parcours.

Commencer par être vieux, vivre sa vie à l'envers. On finirait par le premier amour, ça serait plus positif. Et après, un petit tour en enfance et retour au placenta.

À la maison, quoi.

Ma mère me disait souvent que, lorsqu'elle était enceinte, elle m'avait vraiment désiré. Elle voulait me connaître, elle voulait que je sorte. Mais elle ne m'a rien demandé.

Ce serait sympathique comme geste, une maman bien pliée en deux qui demanderait : « Est-ce que tu veux sortir ? »

Non, il ne veut pas.

La tronche du père, et puis tous les médecins autour avec leur matériel.

Mais non, on t'extirpe, on te lâche, et débrouille-toi.

J'y retournerais bien, moi, dedans.

Néanmoins j'aimais ça, l'amour, ou le sexe, je ne sais plus, ça se confond un peu.

D'ailleurs le sexe, est-ce que ça ne serait pas plutôt fait pour quand on n'aime pas ? Quand il n'y a pas de conversation possible. Là, au moins c'est du sûr. Du pas impliquant. Parce que les cabrioles et le sentiment, ça ne fait pas forcément un bon mélange, c'est comme le vin dans l'eau, faut bien doser.

Je voudrais seulement les imaginer, les histoires d'amour, un peu comme la dame pipi de l'Olympia qui rêvait les spectacles.

Son patron venait la consulter les soirs de première. Elle n'allait jamais dans la salle, la dame, elle jugeait à la mine des gens, à leur façon de pisser. « Ce chanteur-là, vous pouvez y aller, il a du style. » Pendant trente ans, elle les a fantasmés, les artistes, elle n'a jamais été déçue. Je voudrais vivre des amours uniquement dans ma tête, comme la dame pipi de l'Olympia. Pas de chaleur qui manque, pas de mains disparues, pas d'images qui s'estompent, comme ces photos jaunies qu'on perd dans les déménagements.

Bref j'étais heureux.

Le métier de photographe m'avait beaucoup donné. Grâce à lui, j'avais croisé du monde, en gagnant bien ma vie sans avoir à la perdre. J'étais libre et célébré. J'avais même réussi à me faire un prénom. Mon père en avait eu la preuve pour sa plus grande joie.

En tournée, alors qu'il sortait d'un hôtel en Suisse, des adolescents qui passaient le montrèrent du doigt.

— Regarde, c'est le père de Jean-Marie ! dit l'un d'eux.

Comparé à lui, je n'étais pas grand-chose, être fier de cette phrase eût été dérisoire. Mais comme il me le confia plus tard, lui, il avait ressenti le bonheur du devoir accompli.

Bien sûr, je n'avais pas fait de musique. J'étais un raté qui avait eu de la chance. C'était trop facile, il fallait que je change. Je m'étais donc tourné vers le cinématographe. Pourquoi faire simple ?

Pascal Jardin faisait partie de mes meilleurs amis. J'aimais énormément sa générosité, sa folie, ses points de vue.

Le problème, c'est qu'il aimait aussi ma femme. Je m'en rendis compte lorsque nous travaillions ensemble sur le scénario de *Sale Rêveur*.

Il écrivait cette histoire pour Nathalie, qui y tenait un rôle, pendant que j'imaginais un film pour Dutronc. Malgré la jalousie, je ne pouvais m'empêcher de comprendre que ces deux personnes que j'aimais soient attirées l'une par l'autre. Quand même, en y repensant, j'étais un peu tordu. Et pour couronner le tout, en face j'avais Pascal qui ne l'était pas moins.

Une fois le film tourné, j'allai le présenter dans un festival du cinéma français à Moscou.

On m'avait demandé de rendre visite à un sculpteur dont on exposait une œuvre au Grand Palais de Paris. Il habitait avec une très vieille dame, dont le salon avait été au centre de tous les arts depuis le début du siècle.

L'appartement dans lequel j'entre est non seulement petit, mais il est encombré d'une multitude de sculptures qui créent comme une forêt opaque de plâtras biscornus. La dame m'indique un fauteuil près d'une fenêtre sombre. « Il va venir, peut-être, mais ce n'est pas sûr... », me dit-elle.

J'engage avec elle une conversation hasardeuse, sa vie touche à sa fin, je suis loin de mon monde. Ses fenêtres donnent sur un bâtiment qui appartient au KGB, et elle se sait surveillée.

Finalement, au bout d'un quart d'heure arrive un petit homme d'une quarantaine d'années au visage épuisé, à l'allure froissée. Comme je lui annonce avec enthousiasme qu'une de ses œuvres est exposée en France, il me coupe :

« Ce sont des histoires de marchands. Ça ne m'intéresse pas. »

Et il se met à me développer une théorie insensée qui me fait froid dans le dos. Les autorités russes lui avaient définitivement interdit de montrer son travail. Aussi, pour continuer d'exister, il passait ses journées à fabriquer des œuvres qu'il gardait quelques jours. Puis, vu le manque de place, il les détruisait pour en inventer d'autres à la vie aussi éphémères que les précédentes.

Et pour supporter le supplice de ses sculptures mort-nées, il s'était inventé une théorie incontournable : tout artiste se perd en montrant son travail. Donc, en aucun cas il ne veut que quiconque voie ses œuvres. En détruisant ce qu'il crée, il est maître absolu. Il donne naissance et il tue, ça ne regarde que lui. Pas d'éloges, donc pas de vanité.

Son discours me laisse pantois. Il me semble au contraire qu'un artiste qui n'est pas dépossédé ne peut pas exister. Rien ne nous appartient, tout est dans le regard des autres. À partir du moment où il ne veut pas partager, il est mort mais il ne le sait pas. Évidemment, je ne pouvais pas le contredire, j'étais libre, il était en prison. La fenêtre qu'il s'était fabriquée donnait sur l'intérieur, il n'y avait qu'en lui-même qu'il pouvait respirer.

Je songeais au désespoir qui obligeait cet homme à tordre à ce point ses convictions pour rester en vie.

Nous ne pouvions nous comprendre. Je venais promouvoir un film, donc un objet vénal. En mon for intérieur, je le plaignais, mais le calme qui émanait de lui me donnait à penser qu'il me plaignait plus encore. De nous deux, lequel avait raison ?

De retour à Paris, il me fallut bien voir les choses en face, Pascal et Nathalie s'aimaient, elle ne le cacha pas. L'inévitable allait arriver. Dans ces cas-là, soit on fait un enfant, soit on achète une maison. Nous avions déjà mon petit Paul, un miracle, je me tournai donc vers l'immobilier.

Je sautai immédiatement sur une ravissante villa en bois à la pointe de Cap-Ferret. J'ai toujours aimé ce moment plein de promesses de bonheur, tous ces souvenirs à venir, comme une garantie que l'on s'offre sur le futur de l'autre.

Mais quand j'achète une maison pour une femme, c'est généralement signe que je l'ai déjà perdue, la femme, et la maison, en plus, il faut s'en débarrasser.

Je tiens cette prédisposition à l'erreur velléitaire de Jacky Stewart, le champion de Formule 1, que j'avais rencontré dans les années 70.

Il m'avait fait la confidence du secret de ses victoires :

« Lorsque vous êtes à deux cent quatre-vingts à l'heure, entouré de quatre bolides, sur une ligne droite au bout de laquelle vous apercevez la fatidique fumée d'un accident, il faut savoir qu'autour de vous, durant un quart de seconde, ils vont tous lever le pied. Si vous voulez gagner, c'est là qu'il faut appuyer sur le champignon ! »

Fasciné par cette théorie magistrale qui avait de toute évidence fait ses preuves, je décidai aussitôt de l'appliquer désormais à ma vie.

À partir de cet instant, dès qu'un écueil se présenta à moi, j'adoptai sa technique. Mon compte en banque est à zéro ? Je dépense. Un film ou une photo dont je ne me sens pas capable ? Je me jette dessus.

Une femme veut me quitter ? J'achète une maison. Attitude qui me valut évidemment un nombre incalculable de sorties de route et autres murs de briques au message frontal. J'avais simplement oublié un détail, je ne suis pas Jacky Stewart.

Est-ce un discours raisonnable pour un père de famille ? Un enfant, en venant au monde, vous fait cadeau de ces deux mots. Il fait de vous un père, il vous donne une famille. Il fait aussi souvent exploser la belle histoire d'amour à deux que l'on avait construite.

On ne devrait jamais faire d'enfant à une femme qu'on aime.

De l'amoureuse transie, de la fille un peu folle, de l'aventurière prête à toutes les passions, on passe à une maman. Une mère, une régnante. Finie la rigolade.

En fait, il faudrait trois femmes pour le bonheur d'un homme.

Une pour l'amour fou, pour les yeux dans les yeux, pour Venise et les rires. Une silencieuse, pas trop belle, uniquement pour le sexe, sans un mot d'échangé, du bestial absolu. Une qu'on choisirait solide, une Nordique, une laitière, qui vous ferait des enfants au cordeau, l'esprit fixé sur la descendance.

Évidemment, il en va de même pour les femmes. Il leur faudrait trois hommes pour des raisons semblables. Ce serait le paradis, on serait tous interchangeables. Le mari, ici protecteur, serait là-bas l'amant animal à la fougue incontrôlable. L'amoureux fantaisiste aux pulsions romantiques serait ailleurs un père aimant et responsable. L'ami épatant, à la folie inventive avec l'une, serait calme, posé et rassurant avec l'autre.

Je sais bien qu'en demi-teinte, déjà, ces combinaisons existent, mais par trop catholiques, bardées d'hypocrisies, en moins avoué. Je veux de la franchise. D'ailleurs c'est simple, je veux tout. Les femmes, les enfants, la liberté, la jeunesse, les succès, l'argent sans y penser, ne jamais être vieux et puis ne pas mourir aussi. Plein de moments volés qui ressemblent au bonheur. Du chocolat au lait, des caresses amicales. De belles descentes à ski, l'eau bleue des Bahamas en hiver, faire l'amour l'après-midi à Paris. Revenir cinq ans en arrière quand je veux.

Qu'on me lave mon pare-brise sans avoir à payer. Vivre avec Dutronc. Plus de journaux télévisés. Des voyages en avion sans l'ennui des aéroports. Que tout le monde m'estime et que certains m'admirent, mais surtout sans me parler. Que le téléphone sonne sans que moi j'appelle.

Des excès en tout, plus jamais de mesure. Je veux être un roi sans le poids d'un royaume avec des danseuses russes et des chanteuses anglaises et puis un ami sûr qu'on ne quitte jamais. Et des maisons partout sans avoir à y aller.

Une fille dans chaque port, une main sur chaque fille. Un bon gros chien fidèle, quelques chats attentifs. Déjeuner tous les mois avec Jean-Paul

Goude. Revivre plein de fois mon premier amour. Garder toutes mes dents. Fumer tous les paquets sans jamais de cancer. Et le premier baiser, celui qu'on n'oublie pas, tous les premiers s'il vous plaît, encore une fois.

Être l'ami des flics et l'idole des voyous. Marcher sur les toits, ne jamais être en retard. Ne pas signer d'autographes, mais que l'on m'en demande. Regarder mes enfants et savoir quoi leur dire. Que Paul Gegauff revienne. Et surtout, ne plus jamais perdre la femme que j'aime.

Je veux tout, vous dis-je, pire, je veux plus, même ce à quoi je n'ose pas penser. Et pour parfaire le tableau, je désire aussi le droit à la contradiction. Misère. Je sens que je vais finir seul.

Je suis un enfant gâté.

Ma femme aimait mon meilleur ami, je partis aussitôt vivre à Los Angeles.

Un peu plus tard, Pascal est tombé très malade, on savait qu'il allait mourir. Je l'ai revu une fois à l'hôpital, il m'a souri. Il me manque souvent.

Pendant les années 60, avec Johnny, Sylvie, Eddy et tous les autres, j'avais sérieusement contribué à polluer la jeunesse française avec notre obsession des États-Unis. L'heure était venue de payer ma dette. Parce que, malheureusement, l'Amérique, comme chacun sait, c'est beaucoup mieux au cinéma.

Les premiers temps, j'étais exalté à l'idée de vivre dans cet endroit de rêve, jusqu'à ce que je découvre que c'était ici qu'on avait inventé la solitude.

C'est bien simple, là-bas, il y a tout et tout le monde, autrement dit rien et personne. Des sourires parfumés d'intérêt et des femmes en plastique.

J'habitais une maison de star que je partageais avec Sylvette, une amie qui comme moi avait vite compris la sagesse de réunir nos détresses.

Nous étions sur les collines entre Jack Nicholson et Charlton Heston, il y avait trois terrasses, une piscine, un jacuzzi et je ne sais combien de pièces. Le soleil se levait et se couchait sous nos yeux, important, ça, dans une maison lointaine.

Dès mon arrivée, j'eus une chance insultante, ce qui, comme d'habitude, ne m'étonna même pas. Tout succès résultant de mon travail me touche moins que celui que je n'attendais pas. Ce que j'obtiens par l'effort me semble aller de soi, il n'y a pas de surprise. J'aime quand ça tombe du ciel, quand ça n'est pas prévu et, si possible, pas mérité. Je guette toute injustice à mon avantage, je me languis des privilèges auxquels je n'ai pas droit. Donc me retrouver au bout de trois mois avec un contrat mirifique me parut évident.

Les tournages de films publicitaires s'enchaînaient, je ne voyais pas le temps passer. J'étais associé à Susan, une juive new-yorkaise typique à l'humour implacable et à l'émouvante dureté. Grâce à elle, j'avais tenté l'aventure du Nouveau Monde, pour une fois je préférais vivre mes rêves plutôt que rêver ma vie.

Il faut l'avoir vécu, le succès d'Amérique, il n'y a pas de limites, on est le roi. À ma disposition, j'avais des millions de leurs chers dollars pour des historiettes d'une poignée de secondes, parfois pour vendre du poison. J'aimais bien ces petits films, c'était une bonne école, quand l'idée était belle, on faisait des bijoux.

Mais la plupart du temps, l'inspiration étant lamentable, pour se rassurer, ils remplaçaient le talent par des excès d'argent. Pour filmer un couple qui s'aime dans la campagne, on avait quinze camions, mais pas d'idée.

Coca-Cola m'aimait, Ford me cajolait, comme il est drôle ce petit Français. Je gagnais des fortunes et j'ai tout dépensé, peu m'importe, l'argent n'a pas d'autre valeur que celle que je lui donne.

J'avais une « fiancée » à Fort Lauderdale, près de Miami. Elle avait dix-neuf ans et gagnait sa vie dans des concours de bikinis en défilant autour des piscines des bars qui longent les plages de Floride pour un public de surfeurs abrutis par la bière.

Si elle gagnait toujours, ce n'était pas dû à sa seule beauté mais à un sens précoce de l'efficacité.

C'était simple, elle arborait systématiquement un maillot de bain rouge. Les hommes, tels des taureaux, la choisissaient pour reine.

Son inculture était émouvante. Un jour, elle me demanda le plus sérieusement du monde :

« Y a-t-il des arbres en France ? »

Quelle lâcheté aussi d'aller vivre là-bas, j'avais un fils et je lui faisais le même coup que ma mère, je le laissais tomber.

Je lui envoyais des cassettes avec des musiques accompagnées d'histoires que je lui racontais. Comme si on pouvait être un père à distance. Un papa microphone.

Et bien sûr j'étais parti pour toujours, c'est comme avec les femmes, chaque fois je crois que c'est pour la vie.

Un jour, mon père m'annonça qu'il venait à Los Angeles pour voir l'interprétation de Jack Lemmon dans une pièce qu'il allait jouer en France. Il s'agissait de *Coup de chapeau*.

Je lui fais le grand jeu, la limousine de douze mètres, la suite au Château Marmont, Hollywood, quoi. Il débarque avec Pierre Mondy qui allait le mettre en scène. J'étais fou de joie, c'était la première fois qu'il venait dans la ville et j'étais en position de l'accueillir comme un roi.

Mais ni lui ni Pierre ne parlaient l'anglais. Aussi, lorsque après la représentation Jack Lemmon nous emmena dîner, je pris la mesure du piège. Qui n'a jamais vu Mondy et mon père ensemble ne peut pas comprendre. Si je vous dis qu'un régiment de sapeurs-pompiers en goguette c'est un défilé de chez Dior à côté de ces deux-là, je suis encore loin du compte.

Dans un immense restaurant vide à pleurer, je me retrouve assis entre Lemmon, qui ne comprend pas un mot de français, et Mondy et mon père dont la soirée va consister à dire le plus de bêtises possible pour voir comment je m'en sors. Deux gosses.

Pour Jack Lemmon, je sens que des acteurs français présentent autant d'intérêt qu'une délégation de cordonniers polonais. Ce qu'il veut, c'est expédier l'affaire. Et je me vois obligé de faire des contorsions infernales pour traduire leurs grossièretés dignes des garnements de *La Guerre des boutons* en les transformant en compliments et autres questions passionnantes sur l'art de ce grand acteur, dont, disons-le clairement, ni Mondy ni mon père n'ont rien à foutre.

S'ils disaient : « Demande-lui s'il porte un slip », je devais traduire par : « Quelle est l'intensité dramatique de la fin du deuxième acte ? » J'étais en eau, d'autant qu'ils n'essayaient même pas de camoufler leurs rires.

Il était connu de tous les plateaux de cinéma que mon père était le plus drôle des partenaires. Le nombre de pantalonnades auquel il s'est livré avec Blier, Carmet ou Belmondo fait partie des classiques de cette profession.

Finalement, quels défauts a-t-il, mon père ?

Dans ma maison de Los Angeles, j'aimais bien les matins.

KKJO 105, la radio du jazz, me réveillait au son de *Steely Dan.*

Là, tout était possible, le ciel était plein de promesses, après quoi, souvent, il ne se passait rien.

Entre les tournages ma liberté était totale, je roulais durant des heures, j'allais dans la montagne ou bien dans le désert. Je regardais les pierres sous le soleil sec, en pensant à mon Paul, mon fils qui à cette heure était au milieu de sa nuit.

Et puis je revenais. La ville s'allumait, la solitude montait avec l'angoisse du soir et ma Cadillac traversait les avenues vides, bercée par les solos de David Sanborn, en longeant ces palmiers qui se penchent vers vous comme d'idiotes girafes qui ne servent à rien.

Je terminais dans un Sushi bar, accueilli par des cris japonais qui se voulaient joyeux. L'intérêt de ces endroits étant qu'on peut y venir en solitaire sans avoir la tête de celui à qui l'on a posé un lapin. Personne ne vous plaint dans un Sushi bar, puisque tout le monde est seul.

Parfois des équipes françaises venaient me rejoindre pour travailler ici.

C'était curieux, avec mes compatriotes, je me sentais américain, et avec ces derniers j'étais bien de chez nous. Ça m'amusait de retrouver le sens critique et l'art si parisien de se moquer de tout.

Les magasins, les restaurants qu'ils voulaient voir étaient toujours les mêmes, sans oublier l'inévitable Disneyland que je ne supportais plus.

Quand je ramenais mes amis à l'aéroport pour Paris, je n'avais aucune envie de les suivre et pourtant, au retour, le chemin était long.

Sur le fond de ciel rouge, je croisais ces affiches que je connaissais par cœur et qui me souriaient bêtement pour tenter de me vendre des choses dont je ne voulais pas.

Là-haut, dans leur carlingue, mes amis m'enviaient de rester dans cette ville qui ressemble aux vacances, pendant qu'au Sushi bar je trinquais au miroir à grands coups de saké.

On ne peut pas tout avoir. Encore que, comme le disait Audiard, pourquoi pas, il y en a bien qui n'ont rien.

Et pendant ce temps-là, Henri, toujours absent, plus présent que jamais.

Lorsque, un soir de 1982, alors que je regardais

le soleil se coucher, bien rond, rouge et inutile, le téléphone a l'impertinence de sonner.

Une voix française à cette heure-là, à moins d'une catastrophe, ce ne pouvait être Paris.

Eddie Barclay, soi-même, à l'autre bout du fil. Elle était loin la France, j'étais américain maintenant, aussi quand il me propose « une petite bouffe », je ne suis pas emballé. C'est loin derrière, tout ça, une autre vie.

— Ne bouge pas, je te passe mon secrétaire, ajoute-t-il en pouffant dans sa trop célèbre moustache.

Et tout à coup, j'entends une voix connue, qui revient de très loin, dont le timbre doux et tranquille me file des frissons jusqu'au bout des doigts de pied.

— Allez, mon pote, viens me voir, y a prescription !

Henri est là, il est en ville, et il m'attend.

Le Beverly Hills Hotel est une énorme pièce montée rose bonbon posée au milieu des palmiers dans le quartier des maisons basses.

C'est le luxe à l'état pur mais trop voyant, comme toujours là-bas.

Je laisse ma voiture au portier et je traverse le hall sur la moquette écarlate, jusque-là je suis encore en terrain connu.

Cet endroit étant le paradis des agents et autres pontes du cinéma, il faut respecter les codes. Si vous souriez à tout le monde, c'est que vous cherchez du boulot, si vous faites la tronche, c'est que vous faites partie de ceux à qui on en demande. Je concentre donc toute mon attention sur l'épaisseur du tapis. J'ai l'impression de marcher sur un mouton.

Et bien sûr, je tombe sur une actrice avec laquelle j'ai tourné un film publicitaire. Elle se love autour de moi en me présentant comme son « director » à des grands niais du Massachusetts à qui elle fait visiter la ville. Elle me trimballe ses silicones sous le nez avec l'arrogance d'un camelot. Un autre jour, ça m'aurait peut-être amusé de jouer à l'important, mais je n'ai pas la tête à ça.

Elle me demande qui je viens voir. Qu'est-ce qu'elle croit ? Que je vais répondre : « Je rends visite à un homme qui a couché avec ma mère en 39 et me voilà » ?

Je lui promets tous les dîners qu'elle veut et je me dirige vers le jardin ombragé par les plantes exotiques. Le ciel est encore bleu, la cime des palmiers frisotte sous les derniers rayons.

J'avance au rythme des balles de tennis qu'échangent deux dames cacochymes, cramoisies de bronzage sous des perruques décolorées. Ces gens qui font du sport, ça m'exaspère au plus haut point.

Qu'ils aillent mourir ailleurs, moi j'ai des choses à faire.

J'aperçois le pavillon rose où Barclay m'attend, je suis donc à vingt mètres d'Henri, cela va faire quinze ans que je ne l'ai pas vu et j'ai le cœur qui bat.

Les belles moustaches m'ouvrent la porte, derrière il y a sa femme, pardonnez-moi mais je ne me souviens plus laquelle, et au fond, en pull-over blanc, il y a Henri qui se marre déjà.

S'ensuit un moment un peu abstrait où Barclay, pourtant connu pour sa passion des frasques, se dit soudain très fatigué, un coup de barre insoutenable à huit heures du soir ; quant à sa femme, une méchante grippe la terrasse aussitôt, la fièvre monte, il faut d'urgence qu'elle s'allonge.

Le couple Barclay disparaît gentiment et me voilà seul, assis sur un canapé, souriant à Henri sur le fauteuil d'en face. Il a des yeux moins tristes que sur l'affiche dont j'ai le souvenir.

Un écran de télé grand comme le Rex diffuse des images de tests d'accidents de voitures sans le son.

Le silence qui s'installe est assourdissant.

Je me prends de pitié pour le mannequin dont la tête explose au ralenti. Son problème est, certes, épineux, mais beaucoup plus simple à résoudre que le mien.

Henri et moi, nous n'avons pas encore échangé un mot.

Réfléchissons calmement, qu'est-ce qu'on pourrait se dire ?

Deux ou trois fois, il me lance un : « Ah !... Sacré Jean-Marie, va... » Mais lui aussi sent bien que c'est un peu court.

Un oiseau se pose sur la fenêtre. On regarde l'oiseau. C'est un bel animal en effet. Il a des plumes en plus. Le salopard s'envole, finie la diversion. Dans le poste, le mannequin mange à pleines mâchoires le pare-choc d'un quinze tonnes.

À ce moment, Henri se penche vers moi en me faisant signe de m'approcher.

Je me soulève un peu. Après une longue respiration, il me dit :

— J'ai jamais vu *Deep Throat* !

Il s'agissait d'un film pornographique des années 70, en français *Gorge profonde*, une œuvre cinématographique d'une vulgarité dépassant l'entendement.

— Ben, écoute… T'as pas perdu grand-chose, je crois… Mais pourquoi tu me dis ça ? réponds-je en me rasseyant sur des œufs.

Il ajoute : « Je sais que ça se joue en ville. Tu veux pas m'emmener voir *Deep Throat* ? »

Et là, l'abstraction monte d'un degré. Il me demande s'il fait froid dehors. En cette saison, le soir, mieux vaut être prudent.

Et pendant un instant, je deviens son père. Il m'a ouvert sa penderie et je lui choisis un manteau. Le clair en poil de chameau fera l'affaire.

Il m'obéit comme un enfant.

Et me voilà maintenant dans ma Cadillac anthracite sur Hollywood Boulevard à la recherche du Pussy Cat Theatre en vue d'aller admirer un immondice nommé *Deep Throat*. L'homme qui est à côté de moi, ce n'est pas vraiment mon père, mais c'est un peu mon père quand même. Tout ce que j'ai pour l'instant entendu de lui depuis le jour où je suis né, c'est « Ah ! Sacré Jean-Marie, va… » et « J'ai jamais vu *Deep Throat* ! ». Pour ce qui est des rapports filiaux, c'est succinct.

Nous sommes maintenant dans un cinéma vide. Sur l'écran, une grosse Barbie avale des pénis géants dans le but inavouable de stimuler un clitoris malignement niché tout au fond de sa gorge. Voilà le scénario. Le tout filmé par un manchot avec la Pathé Baby de son père.

Personnellement, j'ai toujours détesté les films pornographiques.

Parce que, ou ça me dégoûte de platitude et je m'ennuie, ou ça m'excite et j'ai honte. Donc le moment est délicat, je n'ose regarder ni l'écran ni Henri.

Au plafond il y a de belles moulures avec des anges qui jouent de la trompette, ils en ont vu, les pauvres petits, je serais surpris qu'ils croient encore au paradis, ceux-là. La seule chose qu'Henri dit en regardant sérieusement une scène de cunnilingus désordonnée, c'est : « Il fait ça très mal ! »

Je me demande si cela signifie qu'il veut se lancer dans une entreprise tardive d'éducation sexuelle, j'ai quand même quarante-deux ans.

J'en frémis et je le regarde. Il me regarde à son tour et se met à rire. L'énormité de la situation nous saute alors aux yeux. Et nous voilà partis dans un fou rire incompressible comme deux militaires en permission. Curieusement, cette idée incongrue nous avait rapprochés. La glace est rompue, on peut sortir. Allons dîner.

Calés dans les fauteuils du restaurant Le Dôme, nous sommes enfin en face pour la première fois. L'homme qui est là devant moi, sans le connaître, je sens bien qu'il est de ma famille. J'ai un mal de chien à lui extorquer quelques bribes d'enfance.

C'est qu'il est plus jeune que moi, il parle d'aujourd'hui et ne rêve qu'à demain. Il accepte enfin d'évoquer des images anciennes.

Non, il ne vient pas de la Martinique, il est né sous les palétuviers de Guyane, à Cayenne, rue de la Liberté.

À mon grand étonnement, ses parents étaient blancs. Lui aussi, petit négrillon, se sentait donc un peu différent.

Du côté de son père, on était espagnol. Ma grand-mère avait vu juste en croyant inventer.

Par sa mère, il était indien, descendant des Incas.

— Salvador, me dit-il avec un soupçon de fierté, ça veut dire sauveur.

Lorsque Henri avait vu *Tumuc Humac*, le film que j'avais réalisé en Guyane avec mon frère Marc — l'histoire d'un adolescent partant pour Cayenne à la recherche de son grand-père, un ancien bagnard —, croyant que la fiction venait de la réalité, il avait été très déçu par l'idée que je pouvais penser que ma famille sortait de prison. Nous nous étions croisés à la première, il n'avait rien osé me dire.

Il raconte son enfance, quand il rêvait de Paris en dévorant le catalogue de la Samaritaine. Lorsque, avec ses parents, il était venu en France à l'âge de sept ans, découvrant l'art du rire grâce à un clown alcoolique qui s'appelait Rhum.

Il évoque ses années d'adolescence, quand il faisait la manche aux terrasses des bistrots de la rive gauche, sa passion de la guitare grâce à Django Reinhardt, le jazz et Boris Vian.

Je découvre un homme trop modeste pour étaler sa culture. Un peu comme mes copains des années 60, il avait trouvé seul ce qu'il devait apprendre pour être en fin de compte l'homme de soixante-cinq ans, le type bien, l'artiste élégant qu'il était maintenant.

Et ma mère, dans tout ça ?

— On n'était pas mariés, mais elle était ma femme, me dit-il avec un soupçon de regret.

Je tombe des nues. Je croyais être le résultat d'une aventure passagère. Un moment d'égarement dans d'accueillantes coulisses. Belle erreur.

Elle était venue le voir un soir dans une boîte où il chantait.

En un regard, il l'avait embarquée. Pendant plus de quatre ans, ils furent des amants.

Mais alors moi là-dedans ? Comment me retrouvai-je à Neuilly, élevé par un père aussi merveilleux que blanc ?

Séparé de cette femme par ses obligations militaires, Henri n'avait plus jamais eu de ses nouvelles. Ma mère était enceinte, mais ne le savait pas. En tombant amoureuse de mon père, elle avait oublié toute passion récente.

Elle portait un enfant qu'elle désirait, elle m'aimait déjà sans savoir pourquoi, ce qui est la meilleure des raisons.

Elle n'avait donc rien dit, ni à l'un ni à l'autre, et c'est ainsi que j'étais devenu le fils de François Périer.

Comme je m'étonnais un peu qu'il n'ait pas eu envie de me connaître :

— Mais je ne le savais pas, me répond-il, je l'ai appris en 47 par le patron d'un club dans lequel je chantais.

L'homme lui avait dit en souriant : « Dis donc, qu'est-ce qu'il te ressemble, le petit ! »

— Le petit ?

— Oui, ton fils, celui que tu as eu avec Jacqueline…

Et je ne peux m'empêcher d'évoquer la scène qui suit sans une particulière émotion.

J'avais donc sept ans. Prenant son courage à deux mains, Henri appelle mon père.

« T'as mon fils, bon, maintenant qu'est-ce qu'on fait ? »

Et mon père de répondre : « Si tu t'approches de lui, je te tue ! »

Le message était clair, il l'avait entendu. Et parce que, entre eux déjà, il y avait l'estime, il a tenu parole, jusqu'en 1982.

Je me rends compte alors que durant trente-cinq ans, bien que nous vivions séparés par quelques rues de Paris, lui aussi avait dû supporter la règle du silence.

Quincy Jones me raconta qu'un jour, au début des années 50, avant une séance d'enregistrement, Henri l'avait emmené en voiture près de la sortie de mon école de Neuilly. Et à l'aide d'une paire de jumelles, ils avaient regardé l'enfant insouciant que j'étais.

— Regarde… c'est mon fils… avait-il dit avec fierté.

Il respectait sa promesse, en subissant malgré lui le poids de ce secret qui plus tard chamboulerait ma vie.

Avant de nous séparer, il me proposa de venir trois jours avec lui à Las Vegas, selon lui le paradis sur terre, il était fou du jeu. Je réservai ma réponse pour le lendemain matin.

Je le quittai, un peu sonné, retournant dans tous les sens cette histoire que je croyais la mienne. Je pensais à eux trois, leurs destins parallèles, rien à quoi raccrocher ma frustration d'avant, personne n'était coupable, j'étais comme beaucoup de monde, un enfant du hasard.

La nuit, dans mon jardin, en regardant passer les coyotes près de la piscine, je repensai à cette soirée intense. Cet homme était un cadeau, il n'était pas prévu, une sorte de fraise sur le gâteau déjà bien chargé de ma vie. Tout ce que j'avais enfoui remontait en surface, et je me sentais bien d'être si proche de lui.

Mais la connivence qui nous avait unis me rendait coupable. Derrière le tapis lointain des lumières de la ville, en filigrane, je voyais le visage de mon père.

Un océan nous séparait mais la distance n'y changeait rien, même sur la lune j'aurais pensé à lui. Je l'appelai à Paris, car je n'imaginais pas, même à quarante-deux ans, partir pour Las Vegas sans son assentiment.

« Marrez-vous bien », m'a-t-il répondu. C'était la première fois depuis 1956 que j'évoquais le nom d'Henri.

Les trois jours à Vegas furent mémorables. Au Cesar's Palace, nous dormions ensemble dans une suite gigantesque avec deux lits en forme de cœur.

Je connais bien la ville pour y être allé plusieurs fois dans les années 60. L'exaltation de m'y retrouver dure en général un quart d'heure.

Après quoi je n'ai plus d'yeux que pour les néons sales éteints le matin, les femmes trop maquillées en plein jour sous un soleil de plomb, les tapis rouges en guise de trottoirs. Cette atmosphère de fête obligée, l'assommante mélodie des pièces de monnaie et devant les machines les vieilles hébétées dont seul un bras semble en vie.

Je vivais avec Henri les moments les plus vrais dans l'endroit le plus faux. Mais il était heureux. Nous ne voyions pas la même ville, peu m'importait, ce que je regardais, c'était lui.

N'ayant pas la passion du jeu, je le laissais faire, il sautillait de joie devant les tables de roulette, décidément, mon pote, car c'est comme ça que je l'appelais désormais, était vraiment un enfant.

Quand j'allais à Paris, j'habitais l'hôtel Raphaël. Un établissement orné d'un tableau de Turner dans l'entrée, c'est rassurant.

Je prenais les suites finissant par le numéro 7 car c'étaient les plus belles, leurs dorures rococo compassées me séduisaient beaucoup.

J'avais des affaires dans leurs caves à l'année, ainsi qu'au Château Marmont à Los Angeles et au Mayflower à New York. Ça me donnait le sentiment d'être une pute de luxe, ce qui est toujours très plaisant.

Parfois la nuit, vers une heure, Gainsbourg frappait à ma porte, les bras remplis de bouteilles de champagne, et nous partions faire la tournée des commissariats.

On débarquait à trois heures du matin dans le poste du 18e, les salles grises enfumées remplies de policiers rompus, et Gainsbourg d'une jambe hésitante trinquait à leur santé. Parfois l'atmosphère était chargée de drame, un commissariat la nuit ce n'est pas vraiment le bal de la rose, l'exercice demandait du doigté.

Je me souviens d'un homme nu dans une cage en verre, qui nous regardait d'un œil torve en se tripotant ce qui lui restait de fierté. Serge avait exigé qu'on lui ouvre la porte pour lui offrir à boire.

En le voyant entrer, le pauvre diable s'était réfugié dans un coin comme un animal affolé. Serge avait déposé la bouteille par terre en tentant de le rassurer. L'intention était bonne, mais ça frisait quand même l'insupportable.

Le plus drôle, c'est que les flics en avaient assez de le voir, ils se le repassaient d'un commissariat à l'autre en le faisant conduire dans une voiture de service. Il adorait ça, Serge, il suppliait pour qu'on mette en marche le gyrophare et la « musique ». Alors, par la fenêtre ouverte il hurlait sous la sirène : « Ça ! C'est le plus grand tube du monde… »

Je venais à Paris pour mon fils Paul, afin qu'il puisse mettre un visage sur la voix qu'il écoutait le soir sur les cassettes que son papa lui envoyait.

Il faut la voir, la détresse des pères célibataires

le dimanche matin au Jardin d'acclimatation, ce parc où durant mon enfance, sur mes patins à roulettes, j'aimais tant faire l'intéressant. Surtout en hiver, quand il n'y a pas de feuilles aux arbres et que le sol mouillé souligne les traces de poussettes.

D'abord il y a les jeunes couples, tout à leur félicité nouvelle, qui s'ébahissent devant ce petit bambin qu'ils n'en reviennent pas d'avoir fait, sans prêter attention aux familles de singes qui de leurs cages humides les regardent passer.

C'est dégoûtant, les gens heureux. Ça se tient la main, ça se regarde avec des grands yeux glauques. Cachez-le, votre bonheur, c'est obscène. Est-ce que je suis heureux, moi ?

Je contemple mon fils qui tourne sur le manège dans sa voiture de pompiers. À deux chaises de là, il y a un autre père dont la tête tourne au même rythme que la mienne.

Tout le jeu consiste à donner à ce collègue d'infortune l'impression que moi, je maîtrise la situation.

Tout dans le regard : mon divorce était joyeux, mon vieux, un incident de parcours, tendresse intacte, je prends mon gosse quand je veux, aucun problème. Et de fumer une deuxième cigarette pour souligner la décontraction.

Je sens que j'ai le beau rôle, ce type-là est un perdant, il a une tête battue par le destin. Elle doit lui faire une vie épouvantable, lui ouvrant à peine la porte pour laisser passer l'enfant en tenant bien sa robe de chambre pour lui faire sentir qu'elle est pressée, que son nouveau mari l'attend. « Ramène-le à six heures ! » Des phrases désagréables, aucune chaleur, quelle misère.

Tandis que moi, mon vieux, j'ai l'affaire en main, je me balade, élégance des rapports, toute une philosophie. C'est alors que, généralement, mon fils vient me dire qu'il a trop chaud.

« Retire ton manteau, mon grand. » Et l'enfant : « Non, maman m'a dit que je n'ai pas le droit. »

Un léger sourire se dessine sur le visage de l'autre qui s'adresse à son fils : « Tu as trop chaud, mon poussin ? » Il retire le manteau du petit et le plie bien soigneusement sur ses genoux en me lançant un œil narquois. Quel péjoratif, ce type.

De retour à New York où j'habitais désormais, lorsque je ne tournais pas, je marchais des journées entières en rêvant de rencontrer quelqu'un. Je connaissais du monde, bien sûr, des amis du travail, des relations d'intérêt. Mon désir était français, je voulais des conversations inutiles, sans arrière-pensées lucratives, des rencontres pour rien. Je n'aime que les gens qui ont du temps à perdre. Ce n'était pas la monnaie du pays. À New York, il n'y a pas de rues, il n'y a que des coins de rue. Il faut toujours se méfier des villes dont les trottoirs sont pleins de types qui parlent tout seuls.

Dieu merci, voilà Véronique, une beauté qui m'était apparue sur un tournage. Beauté devint son nom car c'était le mot juste. Elle était silencieuse. Je découvrirai plus tard que c'est parce qu'elle en savait beaucoup plus que moi. Comme d'habitude elle était jeune. C'est mon travers, je n'ai jamais pu m'empêcher de « pygmalionner ». Ce qui m'a toujours procuré ce sentiment étrange de préparer celle que j'aime pour un autre. Ça s'est avéré, en plus.

Comme toujours, j'ai cru la conquérir, c'est elle qui m'a choisi.

Les femmes que l'on rencontre sont des chances, je le sais, je les ai suffisamment gâchées.

Elle a eu du courage, Beauté, au début, c'était simple, j'étais en pleine gloire, et un jour, d'un seul coup, l'Amérique m'a lâché.

Ils sont comme ça, là-bas. Ils vous prennent, ils vous montent au pinacle, une fois le citron pressé, ils vous jettent. En une semaine, je passai de la merveille du siècle au journal de la veille. J'étais tout jaune, juste bon à emballer le poisson.

Pendant ce temps, Beauté mettait au monde mon fils Arthur à New York, et ma fille Lola à Paris. Avec mes trois enfants, j'atteignais enfin mes rêves de famille. Ma vie n'était qu'un incessant voyage entre les deux continents, j'avais le cul dans l'Atlantique.

À Paris, je revis Miles Davis en concert. Il était vêtu d'une tenue japonaise futuriste et semblait de fort méchante humeur. Il joua tout le concert en tournant le dos au public.

J'aimais beaucoup cette arrogance. Je me souvenais de la rancœur d'Henri m'expliquant qu'il n'avait jamais pu faire carrière au cinéma parce qu'il était noir. On voulait bien qu'il chante ou qu'il fasse rire, mais les réticences des gens dits du métier lui traçaient des limites aussi invisibles qu'implacables. En faisant cadeau de son dos à un public de Blancs, j'avais l'impression que Miles Davis vengeait les Noirs en général et Henri Salvador en particulier.

Il venait d'un pays dans lequel Billie Holiday chantait *Strange Fruit*. (Les arbres du Sud portent des fruits étranges, du sang sur les feuilles, du sang sur les racines, des corps de Noirs se balancent dans la brise du Sud...)

Depuis les années 50, comme beaucoup d'artistes de jazz, il bénéficiait de l'aura des musiciens du Nouveau Monde, mais il n'était pas dupe quant à l'ouverture d'esprit des Blancs de la vieille Europe.

Les salles qui l'accueillaient n'étaient pas remplies que d'esthètes, il y avait aussi ceux que l'exotisme attire.

C'est pour une raison similaire que Bob Dylan, au cours d'une tournée dans les années 60, s'exaspérait que le public français vienne à ses concerts sans comprendre un mot de ses chansons. J'avais tenté de lui expliquer que les gens aimaient sa musique et qu'ils venaient le voir parce qu'il représentait une autre culture. Les Français aiment à s'approprier le succès des étrangers sur leur propre terrain.

D'où le miracle du triomphe de Johnny Hallyday à ses débuts, lorsqu'il chantait en anglais phonétique pour un public qui répétait sans comprendre des paroles inexistantes. Des mots incohérents, peut-être, mais qui avaient le parfum de « là-bas ». Johnny étant le seul lien entre la jeunesse de chez nous et le rêve américain, il devenait par là le grand prêtre d'une messe dédiée au mythe de l'Ailleurs.

À New York, mon téléphone sonne, Simone Signoret est en ville avec Montand qui chante au Metropolitan. Cette femme était un cadeau du ciel. J'avais le privilège de déjeuner avec elle deux fois par an.

Lui parler était un enchantement. Elle vous fixait de ses yeux clairs, vous écoutant comme si personne au monde n'était plus important.

Dans le hall de l'hôtel, je l'attends. « Mets-toi en face de l'ascenseur, je n'y vois plus très bien. »

Elle arrive, royale, et me prend par le bras. Nous traversons le hall au milieu d'inconnus. Sur son passage, un cuistre dit à son voisin, en français : « Qui c'est celle-là, tu la connais ? »

Elle le croise sans lui jeter un regard en disant :

« C'est la femme du mec qui a baisé Marilyn… » Et elle va vers la porte de son pas de reine.

Sa nostalgie avait peut-être changé, pas sa manière de cacher sa peine.

Rester en Amérique commençait à perdre son sens, mon associée Susan et moi étions séparés, je guettais le passage d'une chance.

Ma vie sans la musique n'ayant aucun but précis, changer de pays ou de métier n'était pas un problème, le hasard d'une rencontre, quelqu'un à séduire, et j'étais toujours prêt à suivre un autre chemin.

Souvent des amis m'ont demandé pourquoi je ne me remettais pas au piano, ne serait-ce que pour le plaisir. D'abord je m'imagine mal en musicien du dimanche, si je fais quelque chose, je veux le faire au mieux. On ne commence pas sérieusement la musique à n'importe quel âge, et puis j'ai passé ma vie à côtoyer des gens qui le faisaient si bien…

Pendant l'enregistrement de *Sergeant Pepper*, le disque des Beatles qui bouleversa le monde, j'avais construit un atelier de photos dans les studios d'Abbey Road. Je me souviens d'un soir où Paul McCartney avait fait éteindre toutes les lumières électriques. À la lueur de cent bougies, il composait au piano au milieu d'une pièce immense, entouré des chaises vides que l'orchestre avait désertées. Que voulez-vous, après ça, si je plaque un accord sur un clavier, ça me paraît un peu faible.

Une autre fois, au cours d'une tournée dans la suite d'un hôtel de Denver dans le Colorado, j'ai regardé toute une nuit Keith Richard et Mick Jagger inventer une chanson, il me semble que c'était *Angie*.

Et les innombrables journées passées à Los Angeles dans l'antre aux mille machines de Michel Colombier, il composait des merveilles, j'avais l'impression de le voir voler.

Alors pour moi la musique était très proche, mais elle était si loin.

Je l'avais bien dans la peau mais plus au bout des doigts.

L'unique raison de me lever le matin ayant toujours été l'amour ou l'estime, s'il n'y a personne, c'est bien simple, je ne me lève pas.

J'avais fait des photos par admiration pour Daniel, des films par passion pour Dutronc, où était le visage qui allait remplir mon ciel ?

Un soir à Los Angeles, alors que j'écoutais de la musique, justement chez Michel Colombier, le téléphone sonne, les sœurs Labèque sont de passage, elles nous invitent à boire un verre chez Mister Chow.

Ce restaurant chinois aux murs laqués de noir avait eu son heure de gloire dans les années 70. À onze heures du soir dans cette ville, il ne se passe plus rien. Nous arrivons en effet dans une immense salle vide éclairée par des centaines de bougies. Seules à une table, les sœurs Labèque nous attendent avec « un ami », Miles Davis en personne, et tandis que je m'assois, il me sourit. Ses yeux sont toujours aussi perçants, je retrouve le grand front bombé, les cheveux plaqués en arrière, la langue rose, les dents phosphorescentes, les mains comme des araignées. Il n'a pas changé, il est toujours l'élégance même, à part Fred Astaire, je ne vois pas qui peut lutter.

Il est habillé d'une tunique aux mille couleurs sombres que même Issey Miyake n'oserait pas porter dans sa chambre à coucher, ça tient du Picasso période cubiste, tout autre que lui eût ressemblé à un mobile de Calder.

Et pour parfaire le tableau, sa voix est cassée comme celle d'un vieux boxeur. J'ai rencontré beaucoup de monde, mais je crois bien que c'est la première fois de ma vie que je suis impressionné.

Voilà qu'en plus il est affable. Il me pose des questions sur mon métier. Metteur en scène, comme ça tombe bien, il va enregistrer un disque et voudrait tourner un clip en noir et blanc dans un club de jazz, est-ce que je veux le faire ? « Avec des contre-jours et beaucoup de fumée, comme dans une boîte des années 50 à Paris. Vous êtes français, vous connaissez ?... »

Comme le Club Saint-Germain de la rue Saint-

Benoît ? Si seulement il savait. Bien sûr, je ne lui dis pas que sa musique m'avait bercé des nuits entières dans le salon éteint de la maison de Neuilly, que son apparition à l'aéroport de Nice m'avait marqué à jamais, et qu'à quinze ans j'avais même pris des cours de trompette pour tenter d'être lui.

Nous échangeâmes nos adresses. En sortant, je tenais dans ma poche une carte de Mister Chow avec son téléphone. Si je le voulais, je pouvais appeler Miles Davis…

Il est mort quelques semaines plus tard. Je n'ai pas fait ce clip, c'est le regret de ma vie.

La publicité m'offrait encore quelques gaietés. Disney allait lancer son parc en France. Pour les besoins d'un film, on m'avait engagé.

J'avais avec moi mon fils de cinq ans. Pour mon petit Arthur, voir son père diriger Mickey était une fierté.

Pluto m'obéissait à la lettre, les sept nains étaient à ma disposition. J'étais aux yeux de mon enfant l'indiscutable roi du monde. Du reste, pour une fois, j'ai fait preuve d'un grand sens paternel. J'aimerais qu'on le note. Un après-midi, pendant qu'Arthur faisait sa sieste, j'avais emmené tous les personnages du parc en pleine campagne pour les besoins d'un plan. Quelle ne fut pas ma stupéfaction en voyant qu'à l'intérieur du costume de Mickey se trouvait une femme.

Petite, certes, mais charmante. Elle nourrissait à mon égard un indéniable penchant.

Je l'avoue, le fantasme me traversa l'esprit. Rendez-vous compte, avec un peu de patience j'aurais pu obtenir qu'elle remette son masque. Une aventure sexuelle aussi violente que rapide avec Mickey. Mes petites mains sur ses grandes oreilles, c'est un coït à vous changer une vie...

Et mon fils, le lendemain, lui sautant dans les bras ? Impossible.

Je décidai de m'asseoir sur cette pénible frustration.

C'est certainement une des rares fois où je me suis conduit en père.

En France, on m'avait un peu oublié, logique, les années 60 étaient loin.

Depuis le temps que j'étais jeune, je commençais à me faire vieux.

Dans la publicité, le cinéma, on me connaissait bien sûr, mais j'appartenais au souvenir agréable d'une époque ancienne.

Dans le métro, les gens me souriaient, je leur rappelais leur enfance. Dans les bureaux en revanche, Paris ressemblait désormais à New York. La réussite sociale s'érigeait en règle, la survie inventait ses grimaces en engendrant la peur de l'autre. Les amitiés se faisaient rares. Comme le disait Tristan Bernard : On ne peut compter que sur soi-même. Et encore, pas trop.

L'air du temps n'était plus à ma désinvolture, il était de bon ton d'être sur les dents. Encore une fois je faisais tache.

J'étais sans travail et on me croyait assis sur un tas d'or, alors qu'entre deux bougies sur une commode trônait la photo chafouine de mon banquier.

Je tournais en rond entre l'Amérique et la France, les professionnels en tout genre m'imaginant comme un malin retiré des affaires : « Ça fait vraiment plaisir de voir la mine bronzée d'un homme en vacances… »

Et pendant ce temps-là, une araignée se tissait tranquillement un deux-pièces cuisine sur mon téléphone.

Où était donc passée la fameuse sagesse que l'on m'avait promise, l'âge venant ?

Un visage juvénile, pour une femme c'est un avantage ; pour un homme, les rides précoces rassurent, elles donnent du poids.

« Soixante ans ? Oh ! vous ne les faites pas ! » Je l'entends souvent cette phrase, et quand on commence à dire que vous êtes « toujours jeune », ça sent le troisième âge. Si jamais je croise l'imbécile qui a dit que la vie commence à quarante ans…

Ma sœur Anne-Marie, voyant mon désarroi, me rappela que j'étais photographe, je l'avais oublié. Il est vrai que, mis à part des portraits de mes enfants, je n'avais pas fait une photo depuis vingt ans.

Elle dirigeait un journal pour les femmes françaises, le souvenir d'Hélène Lazareff exacerbait sa modestie habituelle, alors que là-haut, au paradis des directrices de journaux, celle-ci trépignait sûrement de ne pouvoir lui susurrer qu'elle faisait ça très bien.

Elle rimant avec belle, Anne-Marie était l'homme de la situation.

C'est magnifique une sœur, ce n'est ni une mère ni une femme, et pourtant c'est un peu les deux à la fois. Les liens du sang interdisant l'amour, l'humour prend le relais. Derrière la personne ravissante, je vois toujours la petite fille qui ne disait mot. Accrochée à un grain de folie qu'elle retient avec peine, elle est aussi posée que je suis excessif.

Notre enfance commune et nos frères disparus nous ont soudés pour toujours. Entre nous trône l'élégance du rire, les mots sérieux sont superflus.

Par l'entremise d'Anne-Marie, mon entrée dans le monde de la mode fut parsemée d'instants cocasses. Mes dernières références datant du temps où je photographiais Sheila, immortaliser Yves Saint Laurent ou Karl Lagerfeld exigea d'eux sans aucun doute quelques efforts d'imagination. Et comme ils en avaient, tout se passa très bien.

François Baudot, un ami de longue date, guidait mes pas en savourant silencieusement mon inculture dans ce domaine étrange, fait de travail qu'on ne doit pas montrer et d'envies de spectacle inavouables.

Avec les couturiers, j'étais en terrain connu ; comme les rock stars de ma jeunesse, ils inventaient leurs vies et grâce à leur talent ils en avaient les moyens.

Je revoyais Henri, mais en cachette, comme toujours, je n'avais plus aucune raison de me sentir coupable mais le pli était pris, je n'y pouvais rien.

Il m'emmenait dans un restaurant créole du boulevard Montparnasse.

Il était fier de moi et j'étais fier de lui.

Mon père, dont la santé était maintenant plus fragile, passait beaucoup de temps chez lui, rue Marignan.

Pour la sortie d'un disque, j'avais organisé le tournage d'un clip dans un espace de la rue Marbeuf. Au milieu d'un faux décor de night-club, Henri chantait en costume blanc entouré de cent filles béates d'admiration. Mon unique inquiétude durant ces trois jours fut les déjeuners.

La rue où habite mon père étant à deux pas, je paniquais à l'idée qu'il me croise avec Henri dans un restaurant. J'avais cinquante ans, et je me conduisais comme un enfant.

Après beaucoup d'hésitations, j'osai une fois

aborder le sujet avec lui. Je tenais à ce qu'il sache que j'avais revu Henri à Paris.

Aussitôt il me dit : « C'est un type très gentil. »

Son ton était empreint d'une certaine tendresse, j'étais surpris. J'ajoutai :

— Tu savais qu'il n'avait connu mon existence que lorsque j'avais sept ans ?

Mon père prit un temps. Je sentais bien que ce souvenir lointain lui était très pénible. Il l'avait enseveli dans un oubli dont il était le maître. Fallait-il, du reste, qu'il inspire le respect pour qu'aucun journaliste n'ait jamais glissé une ligne sur cette histoire.

Preuve qu'il reste encore en France des choses que ces gens ne font pas et je leur en sais gré.

Il me dit enfin : « Moi, je l'ai appris quand tu avais trois ans. Par des lettres anonymes. Ce fut un coup, bien sûr, mais quelle importance puisque tu étais déjà mon préféré. La famille, après tout, ce sont les gens que l'on choisit... »

Des lettres anonymes. Qui pouvait avoir à ce point raté sa propre vie pour prendre le temps de vouloir faire autant de mal ? Et dans quel but ? En 1943, la réussite de mon père était-elle éclatante au point d'engendrer tant de haine ? Je ne saurai jamais le nom de ce corbeau de malheur.

La famille, ce sont les gens que l'on choisit. Bien sûr, je ne dis pas à mon père qu'à mon tour à seize ans je l'avais adopté.

Ma vie privée s'étiolait à nouveau. Une fois encore, par ma faute j'allais perdre une femme. Finalement, ce que j'aime dans le mariage, c'est le jour du serment. Et je le respecte, mais pas de la bonne manière.

Comment être un amant qui aime, un mari qui comprend, un père pilier de l'édifice, un ami amusant, un malin qui gagne des fortunes, un rêveur aux projets ruineux, le tout avec deux pauvres bras courbatus de fatigue, un cerveau qui pallie les manques à grands coups d'illusions et un sexe forcément défaillant ?

Il me faudrait six vies alors que je n'en ai qu'une, et finalement partir, c'est ce que je fais de mieux.

Je plongeai à nouveau tête baissée dans un rêve illusoire. Il s'agissait d'une femme dont j'étais tombé fou d'amour en un seul déjeuner.

Elle pensait qu'elle m'aimait mais elle n'était pas sûre. Coup de foudre, coup de chaud, il n'y a pas d'âge pour ces bêtises-là.

Je quittai ma maison, trop vite, comme toujours, décidé à l'attendre avant qu'elle ait choisi. Terrifiée par autant d'inconstance, elle ne revint jamais, naturellement. Donc elle n'existait pas.

Une femme qui ne vous aime plus, c'est un tank. Vous la voyez, la tourelle qui pivote vers vous ? Elle joue un peu au chat et à la souris si elle n'a mieux à faire. Elle vous prend, elle vous jette, c'est son jogging des sentiments. Puis le canon vous vise, et les phrases partent en forme d'obus de 75. Signe qu'elle a déjà quelqu'un en tête ou personne, c'est selon. S'incliner ou disparaître, aucune autre solution.

Dans une suite de l'hôtel Raphaël, je me laissai languir une semaine.

Pourquoi trop vite, pourquoi trop fort ? Ils sont curieux, les gens, ils sont capables de lire des étés entiers des romans à la gloire des passions les plus torrides, de faire la queue pendant des heures au cinéma pour aller s'émouvoir devant des histoires d'amour fou, et lorsque la réalité ressemble à la fiction, quand l'excès dont ils rêvent se présente à eux, ils s'enfuient en courant. Ils veulent du rassurant, du réfléchi. Passionnés de la passion, mais à distance seulement, pour les autres, de l'amour bien carré et bien rond à la fois, calibré, raisonnable. Perdues dans un coin de ma tête, ces idées noires se réfléchissaient sur les moulures du plafond de la suite. Jusqu'au jour où Beauté, mon épouse, fit un geste sublime.

Elle m'envoya des fleurs accompagnées d'un mot : « Tu ne vas pas très bien, je pense, mais reviens quand tu veux. »

Dignité imparable, je me sentais petit et je n'étais pas fier, nous avions deux enfants. Il faudra plus tard que ces derniers comprennent et qu'ils excusent ce père qui ressemble trop à sa mère pour en être un.

Beauté, sentant bien que l'homme qu'elle s'était choisi était sans espoir, décida de revenir à l'efficace, au tangible du quotidien.

Après qu'elle m'eut judicieusement rappelé que j'avais prévu un repérage aux Baléares en vue des vacances d'été, je sautai dans un avion, prêt à toutes les fuites pour échapper à mon sort lamentable.

Je débarque dans cette île espagnole aussi chargé d'alcool que de culpabilité. Le paysage pluvieux de ces plages en hiver me procure aussitôt des envies de suicides variés. Je traverse à toute allure des villages balnéaires peuplés de maisons vides aux volets claquant d'ennui.

Aux confins du voyage, la seule lueur de vie vient de l'agence qui m'attend. N'y prêtant aucune attention, je fonce vers la mer, fermement décidé à en finir tout de suite. Mais un dernier sursaut d'espoir me conduit à tenter de joindre une dernière fois Paris, la femme de mes pensées ayant peut-être laissé un message au concierge du Raphaël.

Me voilà maintenant à la recherche d'un café ouvert à la nuit tombante dans ce paysage aussi lugubre qu'une fête foraine vide au milieu de l'hiver. Moment de haute absurdité que je ne souhaite à personne.

Après avoir parcouru des villes fantômes à une vitesse défiant tout précepte de la sécurité routière, j'aperçois une lumière, enfin, un café près d'une plage, un havre de paix perdu dans ce bout du monde.

Un dérapage non contrôlé m'éjecte vers la porte, et j'entre dans cet établissement hors du temps.

L'endroit est enfumé, mon entrée fait l'effet d'une bombe, l'assistance se fige et je ne peux pas croire le spectacle qui s'étale devant mes yeux embués. Peut-être suis-je déjà mort ? pensai-je avec délectation en voyant une foule de Chinois qui me dévisagent avec circonspection.

Une colonie toute jaune égarée au fin fond de l'Espagne, une tribu d'émigrés se protégeant du froid, terrifiée par l'apparition intempestive de cet inconnu qui hurle dans un espagnol approximatif qu'il doit, toutes affaires cessantes, appeler Paris sur-le-champ.

Je sens que mes quelques secondes d'esclandre m'attirent l'antipathie immédiate de ces dignes représentants du Céleste Empire.

Effectivement, le patron et son fils m'attrapent par le col et me jettent dehors. J'atterris dans une flaque, le visage fouetté par une pluie froide et inhospitalière.

Et j'ai honte à le dire, car celui dont je vous parle n'est plus un jeune homme. L'amour me rend fou. Réjane, Porel, Maman, je vous en veux d'être comme vous. Regardez-moi, allongé dans la boue des Baléares par une nuit d'hiver, un chien mouillé jeté à la rue par des Chinois furieux, dans le but insensé de joindre une femme qui n'existe pas.

Je suis ridicule. Tant pis. Je n'ai pas peur de l'être. D'ailleurs si le ridicule tuait, on aurait moins de mal à trouver des appartements.

Mes enfants sont maintenant le centre de ma vie, mais ai-je eu raison ? Aurais-je eu ce courage si j'avais été seul décisionnaire ?

Est-ce un service à rendre que de mettre sur terre ?

Pas certain.

Le matin dans ma glace, est-ce que je vois un père ? Car je n'ai pas le souvenir de m'être mis à genoux en demandant qu'on me fasse un enfant. Tout à coup, en face de moi, la femme que j'aime est autre, elle a des yeux de libellule, elle fait de la lévitation. Le sourire béat, elle glisse à dix centimètres du sol, elle ne peut pas parler. L'air ne passe plus, on dirait un poisson, pour un peu il lui pousserait des branchies. Elle regarde sous toutes les coutures une sorte de carte postale avec un gros soleil sans couleur, un G-test, preuve irréfutable qu'une page se tourne. Et j'observe ce bout de carton qui va changer ma vie. Pendant qu'elle parle aux étoiles, j'en prends pour cinquante ans d'inquiétudes et de peurs. Des doigts coincés dans des portières, des vaccins, des angines. Des professeurs qui vous culpabilisent.

Des vacances mal prévues. Et puis j'ai ma Lola,

ma si belle petite fille. Avec les salopards qui vont tourner autour. Les craintes d'enlèvements et de viols collectifs. Et des drogues en tous genres. Des demandes en mariage. Comment assumer tout ça ? Je me demande au fond si je n'ai pas peur de tout. J'ai même peur d'avoir peur.

Je voudrais que la séance dure toujours, mais connaître maintenant la fin du film. Arrêtez de juger. Finalement, c'est courageux d'admettre qu'on est lâche. C'est vrai, j'ai peur de tout. Je voudrais vivre replié, en fœtus, dans un bout de coton perdu dans la stratosphère. Comme une note de musique qui ne dérange personne. Avec des souvenirs que je n'aurais même pas vécus. Si je n'avais été qu'une idée, elle aurait été bonne. Alors que faire un enfant…

J'avais peu de contacts avec ma mère, les restes de mon ressentiment d'adolescence m'empêchaient de la voir librement. C'était absurde et j'avais honte d'infliger à cette femme de soixante-quinze ans une punition qui n'avait pas lieu d'être. À sa façon, elle avait été mère, et pour ma part je n'avais pas de leçons à lui donner.

La légèreté de sa jeunesse était loin, noyée dans le temps par les blessures terribles que le destin lui avait infligées. Aussi, un peu perdu par une vie sans boussole, je m'égarais dans des rêveries de famille recomposée.

J'organisai à l'hôtel Ritz un déjeuner surprise pour ma mère.

Je voulais qu'elle revoie l'homme de sa jeunesse, mon geste était très égoïste, j'avais besoin de la visualiser au côté d'Henri.

Ma sœur m'escorta dans ce moment déroutant.

Lorsque j'accompagnai ma mère à la table, Henri, qui s'était mis de dos, attendait calmement. En le voyant, elle manqua de s'évanouir, bien qu'avec elle on ne sache jamais où commence le théâtre et où finit la réalité. Ils ne s'étaient pas parlé depuis 1939.

La connexion que j'avais espérée ne se fit pas vraiment. Je les voyais chercher chacun dans le regard de l'autre les séquelles d'un amour passé qu'aucun souvenir lointain ne pouvait raviver.

J'avais devant les yeux les premières pièces d'un puzzle qu'avec toute la bonne volonté du monde je n'arrivais pas à assembler.

Voilà bien quarante ans que j'essayais de le faire et là, enfin, je pouvais toucher du doigt l'origine de mon existence, le début de l'histoire, alors pourquoi ce sentiment de ne pas venir de là ?

Toujours aussi perturbé, cherchant à tout prix à faire exploser ce secret enfoui dans mes neurones, je me jette à l'eau. Je demande à Henri s'il accepterait de venir dîner chez moi un soir en compagnie de mon père.

— Qui fait la bouffe ? me demande-t-il.

— C'est mon amie Julie, excellente cuisinière… lui dis-je.

Elle était ma compagne à l'époque et elle n'est pas près de me tomber du cœur.

— Si c'est Julie, ça va.

Il avait une fois de plus réglé l'affaire avec son habituelle pudeur légère.

L'idée de les réunir devint une obsession.

« À quoi ça va servir ? » me demanda gentiment Colette qui, sachant mon père fragilisé, craignait l'incongruité de la proposition que j'allais faire à l'homme auquel elle avait voué sa vie.

Je ne savais que répondre, il fallait que cette rencontre ait lieu.

J'avais besoin de les voir ensemble, de mes yeux, devant moi.

Pour savoir qui je suis peut-être, en espérant par là sans doute aussi comprendre où je vais.

Colette et mon père, une fois de plus, juste pour me faire plaisir, acceptèrent cette idée saugrenue.

Le dîner a lieu un vendredi soir, chez moi, boulevard Saint-Germain.

Ma merveille de Julie a préparé, comme à son habitude, des agapes excessives dignes d'un régiment entier. Vraisemblablement, ma nervosité avait déteint sur elle. J'avais également invité mon ami Jean Demachy. Je le connaissais depuis les années 50, lorsqu'il dirigeait *Marie-Claire*. Il a toujours été un proche, il connaît mon histoire, son affection et son humour m'ont si souvent servi. Il me fallait absolument un témoin sensible et attentif, ne serait-ce que pour me prouver plus tard que je n'avais pas rêvé.

Il est huit heures et demie quand mon téléphone sonne. C'est Henri, qui est en bas dans sa voiture.

— Il est là ? me demande-t-il.

— Non, pas encore.

— Alors j'attends !

Sa délicatesse coutumière lui imposait de venir en second, c'est-à-dire contrairement à son entrée en scène dans le film de ma vie.

Mon père et sa femme arrivent et la soirée peut commencer.

Ils sont là, côte à côte, assis sur mon canapé. Je sors et je rentre dans la pièce plusieurs fois pour m'offrir encore et encore cette incroyable apparition.

Voilà deux hommes absolument contraires, mon père est blanc et a voué sa vie entière au travail, Henri est noir et a fait de la paresse un des beaux-arts (ce qui ne l'a pas empêché d'écrire trois mille chansons). À eux deux, ils représentent cinquante ans du meilleur du théâtre et du music-hall à leur plus haut niveau.

C'est donc l'estime et le respect qui les rapprochent, et la soirée qu'ils passent ensemble est une réussite absolue. Ils hurlent de rire à l'évocation de souvenirs communs, et moi, une fois de plus j'ai l'impression d'être en dehors du scénario.

Mon petit problème, on ne l'évoquera même pas, pour eux, c'est de l'histoire ancienne et cet instant, qui restera peut-être le plus émouvant de ma vie, est pour ces deux personnes que j'aime une bonne soirée entre amis, un dîner chaleureux. Et je leur en veux presque de la peine élégante qu'ils se donnent pour que le moment soit léger.

Je les regarde, je les connais, ce sont les miens, rien à faire, je ne peux écarter cette impression tenace que je viens de nulle part alors que, sans ces deux-là, je ne suis ni un projet, ni même une idée.

Je ne suis rien sans eux et c'est ça le problème, ils sont là dans la pièce et je ne suis rien quand même. Je suis le fils de... Le fils d'eux...

Le fils...

Au fond, j'avais tort au début de ce livre de dire de Jacques Porel que son destin fut dérisoire, le mien ne l'est pas moins. Nommer *Fils de Réjane* le fruit de son travail était d'une belle humilité.

Et ce qui me distingue n'est en rien différent de lui, si ce n'est que mes racines sont vagues parce qu'elles sont compliquées. Entre la photo sépia de mes grands-parents de Guyane dans leur émouvant habit de cérémonie, le portrait de Mamie sous son digne chignon de petite-bourgeoise et celui que Nadar fit de Réjane en costume de Madame Sans-Gêne, il y a tout un monde.

Ce que j'aurai accompli de mieux, n'est-ce pas d'être le résultat improbable d'un hasard prodigieux ? Et si, au bout du compte, j'arrivais non pas à être ce que je fais, mais à faire ce que je suis, peut-être n'aurai-je pas à rougir de mon bout de chemin.

Mais qui suis-je ?

J'ai finalement peu de souvenirs de ce dîner essentiel : Julie qui court dans le couloir pour surveiller ses plats, Henri et mon père hurlant de rire sous le regard attentif de Colette, Jean qui ne dit pas grand-chose, lui qui a tant d'esprit. Il sait comme moi que ces minutes sont rares et qu'elles ne reviendront jamais.

À la fin du repas, mon père me demande de l'aider à se relever.

Je vais derrière sa chaise et le prends sous les bras. Alors il regarde Henri en faisant de sa main un geste qui lui ressemble, un geste de théâtre qui vole comme un regret.

« Tu vois que ça sert d'avoir un fils ! » dit-il.

Bien qu'il ait lancé ça sur le ton de la plaisanterie, il y a dans ces propos comme un soupçon de victoire. Rien d'autre ne sera évoqué, mais dans leurs yeux, je vois bien qu'ils se comprennent.

Henri répond de son rire le plus parfait.

Il a tout dit dans cette phrase, le voilà donc enfin le but de ce dîner.

La pudeur, la tenue, un soupçon d'élégance, mon origine resterait floue, peu importe, ce que je savais maintenant, c'est où je voulais aller.

Ce qui sert surtout, c'est d'avoir un père, un père comme lui, est-ce que vous me suivez ?...

J'ai longtemps hésité avant de la dire, cette histoire, d'une part, mon père ayant préféré la taire, je craignais de le trahir, de l'autre, quelle tristesse que de ne pas lui confier ce que j'ai sur le cœur pendant qu'il est encore là.

Mais je m'étais aussi promis de ne le faire que lorsque je serais vieux.

Alors pourquoi maintenant ? Ça commence quand, la vieillesse ?

Est-ce lorsque l'on devient le père de son père ? Est-ce lorsqu'on se sent seul ? Il est vrai, ces temps-ci, j'ai beau ouvrir les fenêtres, je ne vois pas les arbres.

Après toutes ces années de non-dit, lui à qui j'ai si peu parlé…

Paris, le 15 août 2001

Merci à Bernard Fixot de m'avoir soutenu tout au long de l'écriture de ce livre, et de la patience dont il a fait preuve en l'attendant si longtemps.

J.-M. P.

Impression réalisée sur CAMERON par

BUSSIÈRE CAMEDAN IMPRIMERIES

GROUPE CPI

à Saint-Amand-Montrond (Cher)
en septembre 2001

ISBN 2-84563-048-4

N° d'édition : 175. — N° d'impression : 15126-013976/1.
Dépôt légal : septembre 2001.

Imprimé en France